" Ce livre est un ouvrage de fiction.
Toute ressemblance avec des personnages ou des faits réels - passé, présent ou futur - serait donc le fruit du hasard. "

Daniel Juré

LE GRAND CAFÉ DU NIL

Roman

ORIENTS EDITIONS

DU MÊME AUTEUR

À l'ombre d'Amon, carnets d'Égypte
Éditions L'Inventaire, 2000

Quai des Songes
Éditions Cahiers du temps, 2005

Carnets égyptiens
Orients Éditions, 2013

La Belle Zélie
Éditions Le Vistemboir, 2018

À Katia Boyadjian

Que je m'arrête surtout avec l'illusion
que je les vois vraiment (ils m'ont paru ainsi
l'espace d'un instant) et point encore
les mêmes phantasmes et souvenirs,
mirages de volupté.

Constantin Cavafy

Aussi bien ne l'aurais-je pas reconnu tant il était tanné, recuit, buriné, les pommettes hautes comme les gens d'ici, le même réseau de rides et de ridules façonnées par l'air sec du désert libyen. C'est à sa voix si particulière que je l'ai reconnu, nasale et infantile tout à la fois. Inoubliable parce qu'elle ne correspond en rien à sa stature avantageuse, quoiqu'il ait commencé de décliner lui aussi. L'ennui solaire et un fond de chagrin persistant n'ont pas eu raison complètement de sa prestance quand il s'est levé d'entre ceux qui étaient là à l'écouter dans l'enceinte du pressoir à huile à ciel ouvert. J'apprenais qu'il avait repris le business d'huile d'olive à la mort de Mohammed Kelany. Je n'étais pas revenu à Siwa depuis, tout est changé. J'étais officiellement à Alexandrie pour une séquence de prise de vues, un film documentaire pour Arte dont j'avais coécrit le scénario et officieusement en qualité d'interprète parlant couramment l'arabe égyptien pour les besoins du tournage et régler les castings de la figuration. Tout avait marché pour le mieux, les premières prises étaient excellentes, l'équipe s'accordait un break, je m'accordais un temps. Un cycle de ma vie s'achevait. J'avais réalisé ma passion pour le cinéma, certes devant le clap et hors champ des caméras, à peine mon patronyme s'inscrivait-il au générique. Je voulais sauter le pas, écrire un film à grand budget qu'on oscarise à Cannes ou à Venise. Je crois que je concevais du ressentiment à donner des idées aux autres pour leur procurer des images.

L'oasis est méconnaissable, la dernière fois je logeais au Palm Trees avec les baroudeurs planétaires qui tiraient leurs grolles poétiquement, pleins d'affects les yeux agrandis par le spectacle étonnant d'une oasis semblable à une île au

milieu des sables. De la belle jeunesse, des filles septentrionales pas farouches qui capotaient à qui mieux mieux.

De la terrasse de l'hôtel de luxe en pisé d'imitation pharaonique j'ai vue sur le lac salé, un comble de désordre métaphysique l'effroi cosmique à la portée, non pas des caniches, mais des gogos. On les chérit les porteurs de devises, aussi mécréants soient-ils : patrouilles de police en arme, contrôles d'identité permanents et j'en passe des moins drôles…

Lui il était resté égal à lui-même, il dessinait quand je l'ai rencontré la première fois sur la terrasse du Palm Trees, il faisait clair de lune, il tirait sur un stick huileux qu'il m'a tendu en bloquant la fumée dans ses poumons, il était avec une fille petite aux yeux étrangement bleus à fleur de tête, ni rousse ni blonde sous l'astre irréel qui prenait de la hauteur au-dessus de Shali, cette termitière humaine qui fait aujourd'hui la joie des tours opérateurs. La deuxième fois c'était à Alexandrie, quelques mois plus tard, chez des Chypriotes les Andranopoulos, qu'on avait découvert être des relations communes. Il a remémoré l'anecdote que j'avais oubliée : Madame Andranopoulos faisait les présentations quand un « fournisseur » était passé à l'improviste avec un superbe sarcophage Ancien Empire bellement ornementé de Moyenne-Égypte. Au prix dérisoire qu'elle lui en offrait celui-ci avait sorti un marteau de dessous sa *galabeya*[1] et avait entrepris de défoncer sur le champ l'article de premier choix dévalorisé. Cris, stupeur dans l'antre trop bien achalandé des Chypriotes. Après quoi, le négoce se pratiquant d'ordinaire plus discrètement, le calme revenu, il m'avait entraîné à travers les rues pour me faire connaître la fine fleur du quartier des antiquaires, le quartier Attarine, et débarrasser les receleurs de ma présence intempestive ce soir-là, je l'avais compris. Je me piquais de curiosité à trente ans de distance, il ne s'est pas fait prier :

— Ils trafiquaient quoi au juste et dans quelle proportion les Andranopoulos ?

— Les Andranopoulos ? Ils trafiquaient de tout. Chez eux c'était dans les gènes. L'argent n'a pas d'odeur, quoique des fois ils ont senti fort le roussi. Tiens écoute ça…

1. Vêtement traditionnel égyptien.

Sur quoi il crache dans la poussière entre ses godasses, une main sur le plexus cérémonial comme un vrai Siwi : *wallah* [1] !

— On prenait souvent le five o'clock tea, elle mettait ses parures d'oreilles, remontait sa tignasse, collier d'ambre en plastron qui faisait trois fois le tour de son cou, bref elle sortait toute sa boîte à bijoux et ça la posait un peu là la mère Andranopoulos. Et on attaquait les pâtisseries de chez Pastroudi, des religieuses grosses comme le poing. Nous on l'appelait la Castafiore, on était comme des mômes Kristina et moi. C'était notre premier séjour à Alexandrie. Je lui présentais régulièrement mes travaux en cours, des œuvres sur papier, elle s'essayait elle-même à la peintoche et c'était sa désespérance. D'où mes entrées fastueuses en ses appartements. La première fois que nous l'avons rencontrée elle passait la serpillière dans l'ascenseur quoique l'immeuble entier fût sa propriété. Un superbe ascenseur d'époque en acajou et ferronneries ouvragées d'un autre temps. Je crois que c'est ce qui nous attirait chez elle, tout compte fait, notre

1. Par Dieu.

amour immodéré pour les belles choses révolues, elle-même en faisait partie intimement du mobilier. On laisse la pauvresse en haillon finir son ménage d'escalier. J'avais mes cartons qui contenaient mes formats raisin sous le bras, Kristina ses appareils photos autour du cou quand elle s'est relevée de ses domesticités en se tenant les reins, elle devait déjà avoir ses cinquante piges. C'est à ce moment-là qu'elle nous entretient sur nos conditions d'artistes. Oui nous étions convenus pour un brin de causette chez elle le soir même. Au retour nous frappions à sa porte, plaque de cuivre gravée Andranopoulos Antiques & Trade. Et la gueuse remise à la verticale nous apparaît comme le jour où nous étions à prendre le thé et les pâtisseries fines et qu'un capitaine de la marine marchande se présenta dans la plus grande agitation s'exprimant en allemand dans une vraie confusion. Moi je ne pipe pas un mot teuton mais Kristina parle le chleuh génétiquement. En confiance le capitaine du cargo dont il était aussi propriétaire armateur à Hambourg avait laissé les directives de déchargement aux autorités du port (sur le conseil de la Castafiore), pour se rendre à un rendez-vous au Métropole place Ramleh pour une affaire… En déchargeant tout sur bâbord le bateau a tôt fait de chavirer à quai. Grave erreur, le capitaine ou son second auraient dû présider aux manœuvres de déchargement, ils n'y étaient pas et au vu de l'attroupement de police qui s'activait autour de l'épave, et au su du fret compromettant qui restait à bord, il n'avait plus qu'une solution : prendre le premier vol Lufthansa s'il ne voulait pas coucher en prison le soir même, et la prison égyptienne elle est à éviter quoiqu'il en coûte. Et comme de juste la Castafiore organisait promptement sa fuite d'accord avec les protections consulaires réciproques, l'ambassadeur féru d'antiquités et les ripoux locaux intéressés au pourcentage. Elle pouvait faire ça et pire. En nous congédiant dans l'urgence elle soutenait encore le malchanceux qui pleurait sa casquette à la main, un grand bonhomme de chleuh à tremper ses bacchantes dans la bière de Munich. Ratatiné par une rastaquouère. Il n'avait pas encore compris qu'il ne reverrait pas son cargo ni sa dignité. On a su plus tard, trop tard, jusqu'où s'étendaient ses intérêts internationaux.

Il s'était mis à sourire d'abord, à l'évocation de la turpitude mafieuse dont Hergé lui-même n'aurait pas osé la chute avérée, puis distraitement avec la tige côtelée d'un rameau de palme desséché, qu'il a ramassé entre ses genoux parmi les détritus, boîtes de Coca, bouteilles en plastique rendues opaques à l'exposition des rayons solaires, il traça des figures géométriques hasardeuses comme on le fait familièrement de patience pour occuper son corps dans un immédiat nocif à la pensée, libérer l'esprit de sa prison d'os et de peau.

Un aide tournait la meule archaïque. À vue sous son turban je lui donnais de 15 à 16 ans, et selon sa vêture il n'était pas siwi mais égyptien. Je vis qu'il était beau, et lui remarqua que je le remarquais.

— Sexuel ou platonique ? me dit-il ironiquement. Je ne vois pas de raison de désespérer, il a l'air d'un môme mais il a passé ses dix-sept ans.

J'ai regardé comme un songe la giration de la meule qui crissait sur les noyaux d'olives noires, l'ombre du bel éphèbe s'étirer, se rétrécir et passer derrière lui vivante et moins subordonnée, tout compte fait, à ses mouvements qu'à la matière inégale du sol piétiné de mémoire amnésique. Sans plus de brusquerie il s'adressa au maître du lieu.

— *El chams*[1].

— *Yallah*[2] !

Ils allèrent se mettre à l'abri d'une cagna basse et ombreuse auprès d'un âne efflanqué la peau tendue sur l'os. Quand je leur ai proposé de dîner au restaurant de mon hôtel le gosse a ouvert de grands yeux liquides sous des cils de velours. Il

---

1. Le soleil.
2. Allons.

a demandé avec une spontanéité désarmante si j'étais aussi riche que ça ? Il reçut une claque entre les omoplates qui mit bas son turban dans la poussière

de midi. Leur complicité à me faire payer l'addition mettait du naturel à notre trio. J'acquérais sur le champ le statut de *khawaga*[1] pété de tunes : *flous ketir*[2].

Les présentations se firent en chemin, nous avions oublié nos prénoms quant à Rémy et moi.

1. Étranger résidant en Égypte.
2. Beaucoup d'argent.

— Ali.
— Thomas.
— Rémy.

Sous les murailles de Shali nous rasions les ombres. Le vent brûlant embaumait le fumet des cuissons de plein air. Un marchand sédentaire baignait des falafels dans de l'huile fumante. Des Siwis patients prenaient la queue, le vent bienfaisant gonflait les étoffes légères. Ali s'arrêta auprès de l'un d'entre eux, courut pour nous rejoindre. Je sus qu'il questionnait Rémy sur l'importance du menu que je leur offrais. L'autre lui bourra les côtes dans un geste affectueux de connivence.

Le vent désertique agitait les dattiers flexibles et rabattait une telle poussière qu'on nous installa dans le patio abrité. Le dos au mur mes deux comparses prenaient leurs aises. L'apéritif si cher aux Occidentaux pouvait ici se remplacer par un Coca, un *limoun*[1], un Seven Up, un *karkadé*[2] qui est une décoction d'hibiscus dont le goût désaltérant est voisin du cassis et du sureau mêlés. On nous

1. Citron pressé.
2. Boisson à base de fleurs d'hibiscus.

porta selon nos choix un Seven Up, un karkadé, Rémy but une longue gorgée de Coca au goulot, fit une grimace à cause des gaz, toussa, sortit de son large froc de toile un flash de faux Johnnie Walker, comme on en vend rue Saad Zaghloul à Alexandrie sous une étiquette frelatée : Johnnie Worker, et fit l'appoint jusqu'au ras bord de ce distillat douteux. Ali fronça les sourcils et m'adressa la parole en aparté :

— Dis-lui qu'Allah ne veut pas.

— Si tu ne mouchardes pas Allah n'en saura rien. Sur quoi il me proposa le flacon pour un whisky karkadé.

Moins faraud que lui, la brise désertique suffisant à mon ivresse et les beaux yeux d'Ali, je déclinai le neurotoxique made in Egypt.

L'Égyptien de service s'inquiéta de la présence d'Ali. Il y eut une brève et virulente conversation entre Rémy et le serveur borné. Les pauvres ne se hasardent jamais dans les établissements de luxe d'où ils sont chassés sans ménagement, brutalement et avec mépris. Le prix des repas excluait l'impécunieux du décorum. Certes, et la bienséance voulut aussi qu'on ne le vit pas dans l'entour harmonieux. Ali d'instinct se mit sous la protection de son aîné qui le calma en posant affectueusement sa main gauche sur l'avant-bras de son protégé, non sans avoir menacé le loufiat de changer d'établissement si le service se faisait trop lent. On nous porta promptement des mezzés sur des plats de terre façonnés à l'antique, des imitations de ce qui figurait à la table d'Akhenaton, au moins… Mais Ali n'était pas de mon avis et ne participait pas au dénigrement de la classe dominante, classe toujours bêtasse malgré les variantes sous les cieux changeants. C'eût été indélicat de poursuivre obstinément, d'abolir en quelques phrases assassines un bonheur de classe dont il reparlerait sans réserve à ses copains, et justement il convenait que le luxe lui soit interdit de nature pour qu'il en goûtât la magnificence.

Pigeonneaux et brochettes furent servis sur un lit de roquette, cette salade à la saveur métallique sans pareille que je chiffonnai dans la *tahina*[1], pratique d'*agnabi*[2] hérétique selon mon jeune hôte.

La glace au miel faite avec du lait gras de bufflonne, le helva et des loukoums parfumés à l'eau

1. Crème de sésame.
2. Étranger.

de rose suivirent avec le café *ziada*[1] c'est-à-dire horriblement sucré, quasi liquoreux sur l'insistance d'Ali qui entendait être là encore mon guide gastronomique en l'occurrence et auquel je me pliai de bonne grâce sous le regard toujours ironique de Rémy qui avait sifflé son flacon d'ersatz de single malt durant le repas.

Nous sommes demeurés sous la palmeraie de l'hôtel, l'employé qui ratissait le sable laissait un fin ouvrage de raies parallèles derrière lui, se baissait fortuitement pour ramasser les dattes tombées par le vent, tâche inutile commanditée par une propreté mercantile circonscrite au pays du vaste désordre endémique.

— Ça te plairait Ali de faire le loufiat pour les *khawagât* ?

Ali en rêvait comme les autres.

— *Flous ketir* et jolies madames, beautiful girls ? Il fit le geste infamant de l'onanisme le plus empressé.

— Levons le camp, ça va comme ça de la pacotille pharaonique. Il ne voudra plus tourner la meule, pas vrai *donkey* ?

1. Très sucré.

Ali se défendait d'être un âne mais l'autre insistait en le traitant de tête de bois, de Pinocchio désobéissant. Je lui expliquai ce que c'était qu'un Pinocchio. L'occasion de me rapprocher d'Ali m'était chère. Rémy marchait maintenant devant. La poussière désertique mêlée de sable balayait l'oasis sous l'effet du khamsin qui se levait. Tout ce qui était sans attache, sacs plastiques, débris de palmes, papiers gras s'éleva dans l'air saturé de particules minérales. Du soleil dans un halo jaunâtre et sale ne parvenait qu'une lumière apocalyptique.

— Wind strong ! Very strong, me dit-il naïvement comme pour convaincre un touriste du phénomène local coutumier lors que nous nous exprimions jusqu'alors en égyptien. Des bédouins défaisaient un tour de leur turban pour se plaquer l'étoffe sur leurs voies respiratoires. Nous avancions le nez et la bouche au creux du coude, les yeux dévorés par l'abrasion.

Au détour d'une sente resserrée par les fûts emmaillotés des dattiers Rémy poussa la porte d'un hôtel pour les voyageurs impécunieux et les salariés précaires arabes qui profitaient ponctuellement de l'essor économique local et d'une expansion immobilière. Nous l'avons rejoint.

Un sol natté de tissage synthétique rose. Verts, les murs mats de fumées anciennes absorbaient la faible clarté clignotante d'un néon central. La rampe en était descellée et le câble seul retenait le tube au plafond autour de quoi suintaient les graisses de cuisine. Derrière la cambuse-comptoir où rougeoyaient les braises des chichas, piqué de chiures de mouches un poster représentait un alpage suisse où paissaient des vaches rousses avec leur clochette de cuivre au cou. L'opulence des neiges pour candidats à l'immigration. J'ai vu souvent cette image récidivant au Moyen-Orient, pareillement en Europe la palmeraie impose l'idée parfaite du bonheur au soleil…

Ali sur l'avis de Rémy ne devait pas rester, mais celui-ci taiseux, sans bouger de sa place, se fit oublier à la façon d'un chien qui vénère son maître et ne le quitte pas de son regard mouillé.

Des bédouins de Marsa Matrouh sont entrés en secouant le sable des plis de leur *galabeya* bleue pour s'accroupir sur les nattes au long du mur face à nous.

— Welcome.

Celui qui a dit welcome s'est levé pour nous vendre le contenu hétéroclite de son havresac.

— Very cheap, no expensive.

J'achetai un couteau multifonctions (suisse made in China). Il eut l'air satisfait et moi j'évitais un palabre pénible de refus et d'insistance. Je payai le prix, sans doute exorbitant, qu'il me demanda ce qui fit sortir Ali de sa réserve.

— *Anta magnoun*[1] ? Crazy man ?

Rémy se rencoignait dans l'ombre.

— Le tire-bouchon te servira de rien et les douaniers vont te le piquer à l'aéroport.

Je mis le couteau dans la main d'Ali qui s'empressa de vérifier toutes les lames, le gadget fonctionnait…

Rémy avait ses habitudes ici. L'homme du comptoir lui fit bon accueil et nous salua, nous voulions du thé. Au cours du déjeuner j'avais parlé d'abondance sur le ton badin de tout et de rien, du métier de scénariste aussi. Rémy m'avait écouté plus que je ne l'avais cru. Poursuivant l'échange uniquement en français il me demandait maintes précisions théoriques, techniques, les lieux de tournage à Alexandrie, la nature du documentaire et s'il serait diffusé en Allemagne simultanément par Arte. C'était en

1. Tu es fou ?

plusieurs volets, Alexandrie et Port-Saïd pour l'Égypte, Le Pirée et Thessalonique pour la Grèce, Gênes et Livourne pour l'Italie etc. L'Europe subventionnait la passion méditerranéenne des dirigeants politico-culturels sur fond de « bien vivre ensemble ». Ce n'était pas brillant dit comme ça, de la routine. Sur ses instances je dus encore me préciser, de sorte que je lui demandai où il voulait en venir ?

— As-tu assez d'entregent pour imposer une séquence dans le genre interview du barman du Cecil Hotel, d'un marchand de *termis*[1] ou de *foul*[2] de Mancheya, tu connais le Brasilian Coffee de la rue Saad Zaghloul ?

— Qui ne le connaît pas à Alexandrie ?

— Alors tu connais le petit serveur chauve qui parle le français parce que sa femme est française ?

Je le connaissais. Le Brasilian attire les ressortissants étrangers qui ont un jour ou l'autre le mal du pays, les snobs alexandrins aussi dans leur sillage. On y déguste un vrai moka expresso quand partout ailleurs ce n'est que du café à la turque.

---

1. Graines de lupin d'Égypte
2. Plat de fèves.

Voulait-il faire passer un message politique ? À quelles fins ? J'avais eu ce genre de demande en Ukraine par des dissidents anti-russes. L'Égypte était sous tension, je ne tenais pas d'y être fiché par le Renseignement intérieur. Réticent et paranoïaque comme on l'est dans un pays déstabilisé et répressif je restais sur mes gardes. Et enfin on ne se connaissait pas, sinon que j'étais sensible à un je ne sais quoi de Peter O'Toole vieilli qu'il avait dans l'apparence, les mêmes yeux qui fixent un horizon brutal et chaotique que lui seul perçoit.

Le vent de sable atteignait son paroxysme. Une sorte de crépuscule s'installait au-dehors, visible par le châssis d'une ouverture située haut dans le mur. Rémy et Ali n'iraient pas à l'huilerie et ne paraissaient pas s'en soucier outre mesure, comme du reste chacun s'en remettait à la fatalité, *bokra*[1]... Je temporisai dans l'ouvert décidé d'accueillir toutes les contingences. Siwa bien que changée m'envoûtait toujours. La pauvreté du *foundouq*[2] y était pour beaucoup.

---

1. Demain.
2. Hôtel.

— Le rat de comptoir derrière ses percolateurs au Brasilian, on est en compte lui et moi, il m'en doit. Tu fais une séquence gros plan sur sa tronche épanouie, et tu lui fais dire une strophe d'un poème de Cavafy. T'as pas besoin de comprendre ni lui non plus. C'est possible ça ? Cavafy était alexandrin tu vois le raccord ?

— À supposer… tu gagnes quoi et je perds quoi ?

— T'es un artiste dans ton genre, un homme de plume consciencieux. Tu ne roules pas toujours pour le vulgaire ?

J'avais lu Cavafy, dans des chambres d'hôtels miteux. Avec du recul ça me paraissait héroïque et candide et quelque peu parodié, je lisais aussi des poèmes de Pasolini et Sandro Penna. Avais-je si mal vécu depuis ?

— Tu voudrais bien connaître toute l'histoire depuis le commencement chez les Andranopoulos, hein ?

Oui je le voulais. J'eus le pressentiment que je tenais le matériau pour un scénar de première.

Et si tu ne peux mener ta vie comme tu le désires, / essaye au moins ceci, autant / qu'il te sera possible : ne l'avilis pas / dans un trop grand commerce avec le monde, / dans tout ce mouvement, tous ces discours. / Ne l'avilis pas, en l'exposant – / en la traînant ainsi et la compromettant – / à la sottise quotidienne / des relations et des fréquentations, / jusqu'à en faire une étrangère fastidieuse.

Le loufiat du Brasilian Coffee ne s'était jamais senti si important. Complaisant, il faisait l'avantageux torchon sur le bras pour susurrer du Cavafy négligemment tout en conduisant le service parmi les clients, des figurants recrutés comme chaque matin dans le hall du Cecil Hotel. Si le message n'avait de double sens, dans l'intime, que pour deux êtres au monde, à l'écran la parodie du serveur lettré avait fait mouche, mieux si j'avais moi-même oublié Cavafy l'Alexandrin depuis le tournage la note culturelle de bon aloi ne passa pas inaperçue, je tirai le meilleur parti de la missive poétique. Rémy était de ceux, rarissimes, qui génèrent du talent chez les autres, « un cœur blanc » m'avait confié solennellement un bédouin de sa connaissance.

La diffusion française du documentaire avait donné lieu certes, à bien des enthousiasmes ordinaires, quoique dithyrambiques… C'est depuis l'Allemagne que j'ai reçu tardivement un message qui a piqué ma curiosité.

Fais de sorte que ton parcours soit long. / Que nombreux soient les matins / où – avec quel délice et quelle joie ! – / tu découvriras des ports inconnus, / des ports nouveaux pour toi, et tu iras / t'arrêter devant les échoppes Phéniciennes / pour acquérir les belles marchandises / nacres, coraux, ambres, ébènes / et des parfums voluptueux, / surtout beaucoup de parfums voluptueux ; / et tu iras d'une ville Égyptienne à l'autre / pour apprendre, et encore apprendre, de la bouche des savants.

Et c'était à faire passer au barman du Brasilian : « Auriez-vous la bienveillance d'accepter de faire suivre, Brasilian Coffee 44 rue Saad Zaghloul, Alexandrie. » La missive n'était cependant pas anonyme quoique « Alex » fasse par trop penser aux quatre premières lettres d'Alexandrie…

Je profitai de mon dilettantisme recouvré récemment, un vol bon marché sur Easy Jet précipitant ma décision, pour me rendre derechef en Égypte visa touristique en poche.

Le soleil levant allongeait les ombres des pyramides de Gizeh. À basse altitude l'Airbus a viré court sur son aile pour se stabiliser et descendre en paliers pour aligner la piste d'Héliopolis. Comme les autres fois j'étais pris cette fois-ci encore d'une ferveur indicible devant le spectacle féerique du plus bel atterrissage au monde.

Pas de temps à perdre au Caire, quoique j'eusse toujours des amis au Centre Culturel Français, 1 Madrasset El Huquq El Frinseya Road, El Mounira. Je négociai au sortir de l'aéroport mon voyage en microbus collectif par la route désertique, l'autre route comportant trop d'arrêts dans les villages du Delta. « *El Eskandria ! El Eskandria*[1] *!* » Le chauffeur

1. Alexandrie, Alexandrie !

haranguait les voyageurs pour recruter un dernier occupant et boucler son Toyota Hiace. L'impatience se fit sentir devant l'impudent, le ladre qui avait déjà visiblement son comptant de passagers. Moi-même me demandais-je laquelle des trois banquettes pourrait recevoir un passager supplémentaire tant nous étions à l'étroit. On l'embarqua sur la banquette avant. Il y eut pour

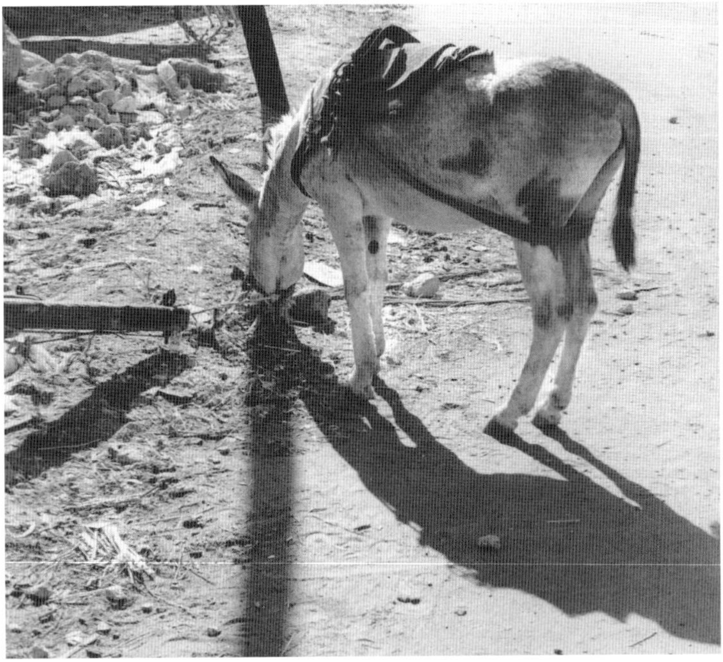

ce faire des invectives, de l'indignation, on arrangea finalement l'affaire en laissant une vitre baissée par où un coude trouva sa place, le bras opposé enlaçant les épaules voisines. Ventre à terre, tirant sur les vitesses pour prendre de l'élan, sans égard pour la mécanique nous sommes partis. J'étais coincé entre deux grosses dames sous leur paquet de voiles et de frusques l'une d'elles m'a posé la question fatidique : *anta yaoudi*[1] ? Je me contentai de biaiser courtoisement : *ana fransaoui*[2], répugnant à me justifier davantage. A priori cela suffit à les rasséréner sur l'origine du *khawaga*. Je respirais à nouveau l'air sec du désert toutes vitres ouvertes. Les petits ânes blancs trottinaient sur la bande d'arrêt d'urgence de l'autoroute.

Appels de phares, klaxon sur deux tons en permanence le chauffeur nous menait grand train la peur au ventre quand il prenait tous les risques fous le pied au plancher pour assurer un tour supplémentaire vers Le Caire dans la soirée. La chaleur montait. Le soleil était au zénith quand il nous a laissés à Mancheya dans la cacophonie

1. Es-tu juif ?
2. Je suis Français.

rituelle des haut-parleurs détraqués des appels multiples à la prière.

AllahouakbarAllahouakbarAllahouakbar[4]. La baie d'Alexandrie et sa flottille de pêche au-dessus de quoi une brume de chaleur estompait l'horizon vers Qayt Bay. Je payai la course et m'acheminai à pied par La Corniche vers les hôtels de la place de Ramleh Station.

Les cornets pointus d'un marchand de *termis* dans l'ombre étoilée d'un palmier qu'agitaient des bouffées venteuses venues du large et l'homme sous son chapeau de toile bleue semblaient invariablement mêmes sur le lieu. J'étais de retour au pays où le temps ne se décompte pas selon l'éphéméride commune aux autres hommes. Les fragrances des chichas devant le Café Pepsi où la fenêtre était ouverte comme une invite – on a toujours envie de quelque chose de l'ordre des sensualités odoriférantes en Égypte – je me cédai facilement pour un *limoun* en terrasse trottoir dans les gaz d'échappement des voitures prises au piège d'une circulation de plus en plus dense. J'avais fermé la porte de mon studio parisien au

1. Dieu est grand.

milieu de la nuit pour être à l'heure pour les préparatifs d'embarquement. Dans la tension nerveuse qui se relâche et la désorientation inhérente au voyage je goûtais l'ivresse mentale du dépaysement propice à l'euphorie des sens. Le serveur m'a reconnu, tandis que moi je regardais encore ses pieds... Son mocassin crevé laissait toujours paraître son orteil, mais je ne souffrais plus aujourd'hui en lui ce que je supposais être une mortification sociale. J'aurais embrassé ses mains si j'avais pu. L'Europe m'avait dépossédé année après année de ma sensibilité altruiste originelle. Une angoisse m'étreignait tout à la fois selon que je percevais l'étendue de ma liberté et le peu d'attaches qui me retenaient au monde. Le *limoun* issu autrefois de petits citrons du Fayoum, si parfumés, n'était plus qu'une imitation chimique acidulée dont on cachait derrière le bar les sachets de la vue des clients. Que m'importait : fumées et importations douteuses au pays des ersatz font ici l'authenticité orientale. Nous ne vivrons dorénavant qu'en vue de la liquidation définitive. Alexandrie cependant renouvelait mon passeport pour la vraie vie, et j'étais là pour écrire mon scénar.

Peu de touristes, pas de Français. Les attentats récents de Louxor les avaient détournés vers d'autres destinations plus sûres. Le serveur candidement s'en informa auprès du Français que je suis. Pourquoi mes compatriotes avaient-ils soudainement déserté La Corniche, allaient-ils revenir bientôt, je devais bien le savoir ? Ma réponse lui parut insuffisante… Louxor était à l'autre bout du pays… Sur quoi il retourna à ses braises rougeoyantes dans le coin le plus sombre de la vaste salle où l'eau bouillait en permanence pour le thé, comme de coutume, dans une sorte de samovar de fer blanc. J'aurai donc le choix d'une chambre dans un hôtel de ma convenance.

Pas le moindrement impécunieux, mais économe des livres que j'avais changées au meilleur taux durant le voyage en microbus au chauffeur qui trafiquait à l'occasion la devise. J'optai pour le Triumph Hotel, à quelques rues de la place Ramleh. On m'offrit, en l'absence de concurrence touristique, la meilleure chambre du dernier étage, celle avec le balcon… L'ascenseur digne d'avoir emporté Bogie et Lauren Bacall vers le septième ciel, sinon le septième art, ne dépareillait pas le hall où le portier sommeillait derrière un comptoir

d'acajou lustré modern style tardif. Je jubilai, après avoir jeté mon sac sur la courtepointe râpée qui couvrait le lit en fer aux ressorts déglingués, d'ouvrir la porte-fenêtre sur la rue Saad Zaghloul et me penchai au balcon pour apercevoir les fiacres noirs décapotés, désœuvrés dans les relents de friture. Ils stationnaient au long du trottoir, leurs ombres étroites sous les roues, le soleil à l'aplomb des immeubles.

Le ferraillement des trams sur l'acier parallèle des rails s'entendait venir de loin, s'amplifiait pour atteindre son apogée sous mon balcon dans un tremblement qui tétanisait l'instant, pour fuir dans le tintouin de ses sonnailles vers Abu el Abbas. Je compris illico la vacance de la meilleure chambre quand au tremblement redoublé de deux trams synchrones qui se croisaient je sautai à bas du lit, ahuri d'un sommeil comateux. Il faisait nuit déjà. Je m'étais écroulé sans y prendre garde. Le balcon galbé s'insérait dans la rotondité de façade de belle architecture. Je savais d'ores et déjà, à mon corps défendant qui allait en souffrir et à ma sérénité mise à l'épreuve du barouf, que je ne céderais pas la chambre quoi qu'il m'en coûtât d'insomnies. C'était décidément trop beau !

Contiguë à la chambre, la pièce demi-circulaire, celle-là même où donnait le balcon, était aussi équipée d'un fauteuil confortable et d'une table de bois blanc, j'en ferai mon bureau.

Pas vraiment fringant mais suffisamment reposé, le temps de me refaire une apparence devant le miroir ovale embué des douches collectives sur le palier, la nuit s'était faite complètement. C'est l'heure où le reflet noir des vitres me pousse dehors pour échapper à l'intime claustrophobie de quatre murs à vivre. Toutes les villes deviennent passionnantes dès les premiers réverbères allumés. Sa ville hyperbolique fait de l'Alexandrin un citadin selon la rumeur de son quartier. Je filai en tram pour un tour d'horizon. Ma solitude m'enivra quand l'arc électrique claqua à la jonction des câbles à Mancheya et qu'au moment où se produisait l'éclair bleu sur la noirceur des rues le ressac de la mer avala la nuit sans étoiles aux vitres ouvertes. Le wagon vide à l'heure de l'*Ischa*[1], la lumière crue, qui selon l'intensité générée par la mécanique à l'agonie

1. Prière du soir.

faiblissait dans un vacillement cardiaque aux arrêts pour redonner une surtension énergétique à vive allure, me comblaient. Un bonheur hors norme de fête foraine de village m'enivrait au souvenir d'un manège qu'on appelait « Le dragon » qui tournait dans un fracas d'enfer sur un périmètre restreint. Rue Abdel Moneim depuis le marchepied, à la faveur d'un embouteillage, je sautai sur le trottoir pour gagner le quartier des antiquaires.

Par les ruelles traversières où toute une population se jette à corps perdu dans la tiédeur du soir, pour un empressement qui ne s'épuisera que tard dans la nuit, je prenais court pour rejoindre la rue Nabi Daniel où dévalait une autre foule autrement torrentielle et compacte. Devant la sentinelle en arme, un mignon *chaouiche*[1] aux yeux de velours qui, loin de soupçonner mon goût pour le baudrier bien porté, baissa sa kalachnikov en signe de politesse soumise. Ce qui inévitablement fit augmenter à son endroit l'érotisme sur rue. Tandis que le beau *chaouiche* regagnait sa guérite,

1. Agent de police égyptien.

des agents de la Sécurité intérieure venaient à ma rencontre. Je pénétrai dans l'enceinte du Centre Culturel Français sous bonne garde. Mon passeport O.K. je goûtai un Orient reconstitué à l'idéal en ce jardin. J'étais venu souvent ici à des spectacles qui se donnaient dans une salle minuscule où les sièges pourpres déclinaient jusqu'à l'avant-scène où l'on projetait notamment des films résolument français, ceux de Jean Renoir faisaient recette pour l'édification des filles et des fils de notables alexandrins francophones. Répliquée à l'idéal, ici la France faisait montre encore, mais pour combien de temps, d'un passé notoire…

La discrimination est une notion souveraine, la plus pressante de la classe dominante égyptienne qui se tient à l'écart d'une densité humaine redoutable. L'entretien irréprochable des jardins qui entourent la villa, la discrétion du gardiennage, le feutré des conversations, le bar où l'alcool n'est pas prohibé – l'alcool du soir étant à l'Occidental ce que la sourate obsessionnelle est à l'ivresse musulmane à l'heure de l'*Isha*.

Les floraisons des massifs embaumés et l'humus tenu humide par une servitude constante des jardiniers me tinrent un moment en pâmoison.

Le rêve oriental, aussi restreint fût-il se circonscrivait là et la dérision aurait dû sans doute m'en être honteuse. Je raillai mes élans sensitifs d'esthète, regagnai plus ordinairement le bar pour un rhum-coca. Je traversai sans m'attarder la salle d'exposition où un collectif d'artistes contemporains en résidence exhibait ses « travaux ». Seul en compagnie du barman nubien qui vaquait sous les néons à sa fonction, le torchon sur l'épaule, et l'on n'aurait su départager si l'endroit évoquait davantage un mess d'officiers, un bar d'hôtel modeste qui se donne des airs ou le bar privé du Yachting Club. Mon verre servi je sortis sur l'autre façade où les degrés, plus discrets que le perron sur rue, donnent accès à la terrasse : quelques guéridons épars, suffisamment éloignés pour y faire cercle entre-soi, entretenaient là encore une nonchalance exquise. Des phalènes grésillaient après avoir tourné autour des halogènes qui éclairaient la denture d'une végétation exotique par en dessous. À l'écart des tablées précieuses, car nous sommes en territoire français où la mixité fait loi, je tirai un fauteuil en bois de palmier pour siroter mon Cuba libre.

Je me faisais cadeau du soir soyeux piqueté d'étoiles entre les palmes. L'odeur encore des chichas à la table voisine. Les rires des filles qui draguaient timidement un jeune Égyptien de Sidi Gaber (je sus qu'il était des beaux quartiers parce qu'ils en parlaient…) je tendais l'oreille à tout. Le rum and Coke dénouait ce qui restait de stress du voyage, j'avisai qu'il me fallait honorer le contrat que j'avais signé avec ma conscience besogneuse. *Bokra*. Demain certes, le temps ne m'était pas si compté. Oui demain je prendrai café croissant au Brasilian. J'avais à comprendre le jeu des échanges poétiques. Quelle cabale ! J'en riais quand Mohammed, en compagnie de deux belles Égyptiennes, avec la complaisance qu'initiait le jeu des sexes, me désigna à elles en ma qualité de Français supposé arbitre des élégances et de la courtoisie. Il portait ce costume trois pièces si mal seyant à sa carrure, une cravate nouée court sur une chemise de soie bleu pétrole que je lui ai toujours connue… Le cheveu à peine blanchi sur les tempes aspergées d'une lotion fade et persistante, il m'embrassa affectueusement, je lui tapotai l'échine équitablement.

— Maryam et Sonia.

Vingt-cinq ans l'une et l'autre ou à peu près. Les dents éclatantes, deux beautés incontestables en jean et tunique portée par-dessus qui cache leurs formes sagement. Visiblement le Mohammed était bien aise d'être surpris en si sexuelle compagnie. Je le félicitai sans qu'il pût y avoir outrage aux bonnes mœurs. Et c'était charmant et simple de les voir s'enorgueillir candidement de leur belle jeunesse. Je les invitai tous trois à prendre place autour du guéridon. Mohammed alla quérir au voisinage le fauteuil manquant, il s'y jeta la tête renversée dans une aisance surfaite. Je passai les commandes : Coca pour tout le monde. J'y ajoutai mon rhum au bar et revint avec le plateau chargé que le serveur ne daigna pas descendre à la terrasse.

La diffusion du documentaire avait fait mouche auprès de la bourgeoisie locale, sinon de l'intelligentsia polyglotte ! Au dire de l'affabulateur portant excessivement beau sous la palme j'en étais, pour ainsi dire, le producteur. Nos deux fausses ingénues roulèrent ensemble des yeux fardés de Cléopâtre. Leur surprise non feinte je jouai la modestie (et pour cause), ce qui ne manqua pas d'attiser leur curiosité. Mohammed, placé dans mon sillage, prendrait le vent d'aspiration pour me doubler au premier virage. Je lui cédai le passage volontiers. Oui, il fut irremplaçable. Oui, il était à la prise de son (il tenait la perche) et à l'occasion il alla grossir la masse figurante des badauds… J'en rajoutai tant complaisamment qu'en reconnaissance, grand seigneur, il tint à offrir à dîner: des lasagnes étaient au menu, le cuistot nubien à qui on avait enseigné l'art de la béchamel les préparait assez bien. Le sujet du tournage épuisé, j'approchai le vrai sujet qui me turlupinait, j'en vins à questionner mon amphitryon sur le fonctionnement du Centre et notamment celui des résidences d'artistes. Je savais que deux studios, rue Abdel Moneim, étaient à la disposition, pour des séjours de durées variables, des plasticiens, peintres, photographes, écrivains conférenciers, gens de théâtres, danseurs, performeurs et toutes variétés d'artistes contemporains, bref une cour plus ou moins talentueuse profitait là d'une belle occasion aux frais, sinon de la princesse, du ministère des Affaires étrangères, séjour gratis, le piston étant le premier critère d'hébergement. Il dut avouer la limite de sa compétence. Il n'était attaché au

Centre qu'en qualité de factotum. C'est lui qui réceptionnait bagages et résidents à la gare, chauffeur il participait à leur installation dans les lieux. C'est lui aussi qui effectuait les menues réparations, sanitaires bouchés etc. Avait-il connu un peintre qui… non, il n'avait pas l'âge d'avoir connu Rémy Boncourt, mais il savait peut-être qui : son oncle Ramadan qui lui avait cédé la place, au temps venu de la retraite, la très bonne place si convoitée au Centre. Nous irions le voir si j'y tenais le lendemain. Il habitait l'oncle Ramadan une cabane de pêcheur à El Max, où il s'était retiré malade et maintenant près de la fin.

J'abandonnai mon obligé à sa difficultueuse drague égyptienne, à l'issue de laquelle il ne trouvera l'apaisement du sommeil qu'au terme d'un nostalgique onanisme.

Au Brasilian le neveu Mohammed m'attendait absorbé dans les pages sportives d'*Al Ahram*. Il ne prenait son service qu'à onze heures, le temps matinal s'étirait dans l'odeur suave de torréfaction des meilleurs cafés et le sifflement des percolateurs. Je trempai la corne d'un croissant dans mon double expresso ce qui me valut la raillerie de l'Égyptien « Allah ! » Tous les peuples ne font pas trempette. Je pensai inévitablement à *New York-Miami*, à la fameuse scène qui peut-être n'était pas écrite, une impro ? Jaloux de mes émotions je laissai l'interjection Allah sans réplique.

Au cours du long trajet en tram jusqu'à El Max mon acolyte s'était assoupi pour ne refaire surface qu'à la rotonde du terminus. Là, des femmes en noir corpulentes, le tissu tendu de leurs hardes sur leur croupe dandinante, débarquaient des fardeaux encombrants, des paquets et le produit de quelque misérable exploitation agricole périphérique. Et c'était immensément tragique et triste de voir au long des rails rutilants d'un soleil ascendant leurs ombres s'acheminer vers un marché encore lointain quelque part là-bas derrière les immeubles surpeuplés, construits à la hâte pour y loger une démographie galopante. La mer était à cet opposé. Nous dûmes marcher sous le soleil accablant nous aussi dans la désolation poussiéreuse et de palmes desséchées en lambeaux que la brise de mer agitait éperdument. En contraste de quoi la frange d'écume, l'odeur d'embruns, le rythme du ressac de la houle qui tonnait en déferlant et l'infiniment bleu où se perd le cri des mouettes exaltaient une ferveur inouïe reléguant à d'autres parallèles les visions de détresse.

L'oncle accroupi sur le seuil de sa cabane se préparait du thé sur un antique réchaud Primus à piston. Mohammed me le montrait depuis le rivage en contrebas.

— *Inch'Allah*[1], il n'a pas l'air plus mal. Il va mourir bientôt, la médecine ne peut plus rien pour lui. Il veut finir là où il a été heureux, devant la mer. C'était un grand pêcheur de tortues, de bonites, de tout !

Le *babour*[2] sifflait, les flammes jaunes chauffaient une petite théière d'émail qu'il retira des flammes quand il nous vit dans son soleil.

— *Al hamdulillah al hamdulillah*[3] ! C'est toi !

Les mains tendues il demanda de l'aide pour se relever. Le vieux chancela, sitôt leur étreinte desserrée

1. Si Dieu le veut.

2. Réchaud à pétrole.

2. Louange à Dieu

il dut s'asseoir sur le banc délabré où un chat larmoyant atteint de coryza se prélassait dans la crasse d'un tas de chiffons. D'une main tremblante il chercha la fourrure grise à demi pelée. Le chat se mit à ronronner.

Des chalutiers embouquaient la passe du port de pêche, au large des porte-conteneurs attendaient en rade d'Alexandrie, leur pont encombré haut sur l'horizon.

L'oncle se souvenait bien du peintre Rémy Boncourt, il s'en souvenait trop bien… C'était à cause de lui que la police secrète avait tourmenté le personnel égyptien du Centre *fransaoui*, il en conservait visiblement rancune ! Il y avait 25 ans de ça. Une affaire de faussaire. Il avait gardé les coupures du *Progrès Égyptien*, un journal francophone. Rémy Boncourt œuvrait dans les ateliers des Andranopoulos à des faux Fayoum qui étaient revendus sur le marché international. Les coupures de presse étaient sous la paillasse au fond de la cabane surchauffée par le soleil oblique impitoyable, il voulait bien les lui céder, que lui importait maintenant…

— *Yanni*[1] ! mon neveu soit prudent, un chien reste un chien même si il a une queue en or.

1. C'est-à-dire, tic de langage.

Mohammed n'était pas satisfait du tour que prenaient les événements.

— Je ne sais pas ce que tu cherches ? Tu n'es pas égyptien, tu ne sais rien des services de la police spéciale. Un jour tu disparais et personne ne sait ce qui t'est arrivé. On torture dans les prisons tu ne le savais pas ? Laisse le passé dormir, celui qui cache son secret est maître de sa route... Ainsi je parie que tu crois que mon oncle est pauvre, un homme qui a travaillé toute sa vie chez les Français… Il possède un bel appartement à Anfouchi et des terrains constructibles sur la route d'Agami. S'il préfère mourir dans sa cabane c'est son choix, c'est un homme pieux qui veut mourir en paix. Je suis son unique héritier, il n'a pas eu d'enfant, lorsque Dieu ferme une porte, il en ouvre toujours une autre.

Il est descendu à Mancheya pour sa correspondance. Il me permettait, à regret, de conserver les originaux de presse pour en faire des photocopies qu'à la condition, sans faute, de les déposer au Centre au plus tôt. Convenu que je les laisse à la bibliothécaire… Nous nous sommes quittés dans cette disposition d'esprit…

La rue Saad Zaghloul était encombrée, j'eus plus vite fait de descendre du tram pour marcher jusqu'au Brasilian où le serveur du matin n'avait pas été celui que je cherchais. C'était l'heure où le soleil allait à son zénith et j'avais le coup de pompe. Quand on m'apporta mon double moka je me rencardai du service attribué à l'énergumène fin diseur de Cavafy. J'appris qu'il n'était pas reparu au Brasilian depuis un mois. Le patron qui passait ponctuellement à midi m'en dirait davantage, si je voulais l'attendre…

Les pages consultées, dans l'attente, m'en apprenaient de bonnes sur l'exercice de contrefaçon où Rémy excellait. Des experts en antiquités y relataient une maîtrise des procédés, notamment d'époque ptolémaïque, parfaite. Maîtrise d'artiste aussi car aucun des portraits funéraires n'était plagié, de sorte qu'en aucun cas on ne pût procéder à un recoupement avec des portraits déjà existants, ou répertoriés. La « faille » parce qu'il faut une faille à toute histoire de faussaire, résidait dans les supports. La datation au carbone de certaines pièces, au dire du scientifique, ne résistait pas à l'analyse.

« *La filière complexe, qui avait ses ramifications à l'étranger, promettait une investigation de longue haleine où Interpol serait sollicité.* » Ainsi se terminait l'article de cette feuille de chou publiée en langue française au milieu des années 90.

Le patron, propriétaire ou gérant je ne l'ai jamais su… avait l'air qu'on affectionne quand on est le boss d'un établissement connu en Alexandrie : épingle à cravate en or sur une bedaine qui ne permet plus de boutonner la jaquette, chaussettes de soie vert pomme, souliers cirés trois fois par jour par les petits cireurs autorisés d'officier à sa terrasse.

Il parlait un français difficultueux mais précis.

— Que puis-je pour vous ?

Je lui parlai sans détour de la lettre, à faire suivre, que j'avais envoyée moi-même à son serveur, celui qui était là durant le tournage. Oui, il savait de quel tournage, il n'y avait que celui-là qui vaille. Oui le poème de Cavafy. *Aywa*[1] ! *Aywa* !

— Il a demandé un congé après avoir reçu la lettre d'Europe, c'est exact. Il a de la famille dans le Delta à Rachid. Vous dites Rosette n'est-ce pas, monsieur le Français ? Laissez-moi vous offrir un autre café.

1. Oui.

Sans attendre ma réponse il claquait dans ses doigts en direction du garçon.

Le boss disparut dans l'immense clarté en feu de la rue, je pris l'adresse du barman en congé. Ses parents cultivaient un lopin de terre du Delta entre le fort et la ville sur la route qui longe le Nil. Au dire du petit serveur c'était assez compliqué de s'y rendre seul, mais puisque je parlais l'arabe égyptien… à la briqueterie du bord du Nil, je demanderai à voir la sœur de Mokhtar Mazhar. Elle travaille au façonnage des briques, j'apercevrai l'usine de loin reconnaissable à son panache de fumée noire, et c'était là la meilleure indication.

Je déjeunai de *foul* sur la rue et rentrai à mon hôtel. L'employé d'étage était passé, je trouvai les persiennes closes. Les hachures de lumière zébraient l'ombre sans que la chaleur diminuât significativement pour autant. Je mis en marche les pales du ventilateur. Naïvement j'en conçus un bonheur controuvé de sueur exotique. Je m'allongeai nu sur le couvre-lit sans trouver le repos.

Le nom de Mokhtar Mazhar me trottait comme une ritournelle idiote, une obsession rythmique. Je ne tardai pas à me rhabiller. Le portier m'indiqua la station d'Anfouchi, derrière le quartier turc, d'où partent les taxis collectifs vers le Delta. Le premier fut le bon : une Buick conduite par un forcené qui attendait son dernier passager pour partir. Personne ne s'étonnait du vintage déglingué à bord duquel ils voyageaient, une de ces dernières Buick du Delta, celle-ci de 1959 !

À Aboukir la moitié des occupants est descendue. Après un long temps nous sommes repartis, le jour déclinait. La radiocassette dévidait ses sourates monotones, le front marqué du chauffeur attestait de sa ferveur à l'exercice de prosternation. À partir d'Aboukir la route défoncée ralentit notre progression. Les *gamousses*[1] au cuir lisse et luisant comme des carpes sorties des étangs, à l'attache sur le bas-côté… L'étendue verdoyante d'une monoculture, à l'infini… Les îlots de dattiers, identiques… Puis à nouveau le même village d'architecture unique de maisons neuves, mais délabrées avant qu'elles ne fussent achevées, où suinte l'égout au fond d'un fossé de drainage insalubre. Paysage de bords, séquentiel comme un arrêt du cognitif où l'angoisse disputerait la vision à l'émerveillement du songe. Une main sur le klaxon au centre du large volant, l'homme au front bas marqué de son obsession, un bras à la portière, harcelait le conducteur d'une charrette à âne l'obligeant à redoubler ses coups de bâton. Une roue au fossé, manquant verser son fardeau de cannes à sucre l'enfant fit passer la Buick sur le milieu de la route. Ils étaient si petits, l'âne et l'enfant sous la haute charge de cannes vertes qui diminuaient dans le cadrage de la lunette arrière, qu'une pitié irrépressible tenait tout à coup le paysage en entier.

1. Bufflonnes.

À Rachid la confusion d'un bourg anachronique offrait encore la vision mixte de fiacres aux capotes rapiécées, de charrettes bariolées, de voitures à bras encombrantes, au voisinage des pick-up Chevrolet. Une population d'ânes entretenait un braiment permanent à l'unisson qui, mêlé à l'usage forcené des klaxons ne laissait aucun repos sur la rue principale. Adjacentes, les ruelles de terre détrempée l'hiver étaient une croûte recuite d'où se levait une poussière solaire. Les odeurs fangeuses de cloaque s'évanouissaient à l'approche du Nil. Des îlots de nénuphars dérivaient comme des souvenirs de Haute et Moyenne-Égypte dans l'apothéose du soir. Lointains, sur l'autre rive, des palmiers formaient une frise étoilée. Le bac venait de déposer une foule compacte sur les planches du débarcadère, j'eus envie, moi aussi, d'un verre de thé. Un fellah en saroual tira une chaise sur la terrasse : *edfaddal*[1] ! Frappant vigoureusement dans ses mains il fit venir le garçon au plateau chargé de verres brûlants.

La route qui suit l'ultime cours du Nil reste à mon souvenir la plus belle distance d'un rêve à l'autre. Même cette usine industrieuse aux panaches noirs

1. Je vous en prie.

de présage insolent au reste du monde suffocant trouvait son harmonie dans l'entour laborieux de charrois intempestifs, d'agitations vaines. La brise d'aval dans l'ouvert du fleuve ployait les antennes des felouques, des barques montées de pêcheurs qui, debout, tiraient de leurs filets de minuscules poissons d'absence.

La briqueterie ronflait d'un feu jamais éteint, on apercevait les filles en blouse claire, les mains maculées de glaise devant des bacs de terre brute de gisement. Un homme replet est venu à ma rencontre. Les filles faisaient les postes, la sœur de Mokhtar Mazhar était rentrée chez ses parents, des *fellahin*[1] qui exploitaient une palmeraie de peu

1. Paysans.

d'importance : le chemin rectiligne dominant l'étendue spongieuse entretenue de canaux de drainage j'avais sous mes yeux y menait. Pour trente livres il pouvait m'y conduire. Le prix était exorbitant, il était tard.

Il est descendu du pick-up Chevrolet devant une maison à un étage faite de briques et de pisé. L'étable abritait l'odeur rassurante du foin, deux *gamousses* ruaient dans le soir. Des ibis blancs sur la terre noire d'alluvions laissaient entendre qu'il y eût des présages pharaoniques sur ces mêmes lieux il y avait longtemps de cela…

— *La, la, la*[1].

Négation sur le seuil. L'homme secouait la tête. Sans descendre du pick-up je sus que Mokhtar Mazhar n'y serait pas.

L'odeur douceâtre du limon remué, le flot qu'agitait l'étrave d'un chalutier qui parait aux manœuvres d'amarrage sous le halo d'une lanterne de pont : cela depuis ma chambre d'hôtel dans le vrombissement obsédant des moustiques. Longtemps encore, plus avant dans la nuit, une population vacante riveraine du plus beau fleuve du monde prendrait ses aises. Le *baouab*[2] dormira demain à poings fermés sur son bat-flanc d'ironie, le *tawla*[3] de la discorde facile roulait ses dés sous le néon blafard d'une douce insomnie.

L'inconstance des rêves n'engage que le rêveur, dévoré par les puces de lit, courbatu par la planche inflexible du sommier je rêvai par intermittence, en brèves de cauchemar.

---

1. Non, non, non.

2. Portier.

3. Backgammon.

Épiphanie matinale au risque des nocivités nocturnes : sur la place les départs pour Alexandrie étaient nombreux, la densité humaine et le trafic inconcevables.

« *El eskandriya, El eskandriya* », il restait une place à pourvoir à bord d'un combi Toyota. Serré contre la vitre arrière tout contre un jeune *fellah* aux yeux d'ânesse – désarmant de candeur quand il m'offrit la cigarette qu'il venait d'allumer, que j'acceptai quoique la fumée me soit devenue désagréable.

— Cleopatra very good egyptian cigarette !

Au risque de rompre une intimité de voyage naissante à trop me préciser, je lui répondis dans sa langue.

Ses cheveux sentaient le gel bon marché et tout son être la toilette du matin. En deux heures de trajet je sus tout de ses désirs et de ses enthousiasmes encore puérils que j'accréditai complaisamment. J'acquiesçai à l'énumération des meilleurs joueurs mondiaux de foot, moi qui n'entends rien aux mots de penalty ou de corner !

À Ramleh Station, délivré de la promiscuité du voyage je lui offris, non sans une arrière-pensée prestigieuse qui me ferait briller à ses yeux, d'entrer au salon de thé Délices.

Pâtisseries de toutes sortes réfrigérées, kitsch rétro à l'européenne, service ganté, le tarif prohibitif pour l'économie locale eurent tôt fait de rendre l'avantageux timide comme sa petite sœur.

— *Flous ketir* ?

J'aurais pu lui dire que la livre égyptienne était une peau de chagrin, je n'en fis rien… je gardais l'avantage à ses beaux yeux. Derrière le vitrage on apercevait La Corniche, les palmiers et une partie de la rade. Sur l'infiniment bleu la brise levait un clapot qui moutonnait déjà. Notre plate conversation s'enlisa, déshonorant l'instant. J'aurai voulu qu'il se taise. Ce qu'il voulait au final n'était que mon adresse en France pour compléter un formulaire d'immigration. Ma compromission n'irait pas jusque-là, pour quelques dizaines de livres je m'offrais quand même l'échec d'une drague charmante sur front de mer et la baie d'Alexandrie.

Je demandais ma clef à l'accueil du Triumph Hotel quand je reconnus deux Égyptiens, avec qui j'avais eu affaire lors d'une demande d'autorisation de tournage auprès du site officiel de Ras El Tin.

Oui, j'étais bien Thomas Assaël et après ? Eux étaient à l'évidence de la Sécurité intérieure et ça me fâchait.

— Nous voudrions connaître les raisons de vos investigations ?

Je désavouai totalement qu'il y eût investigations sinon au profit de mon scénario. Ils faisaient leur métier, qu'ils me laissent faire le mien.

Le plus finaud jouait son rôle à plaisir :

— Vous n'êtes pas en France monsieur le Français, nous avons nos méthodes.

J'étais convoqué au bureau de police de Sidi Gaber, je devais les suivre sur le champ.

Je demandai à me changer, le plus jeune m'accompagna jusqu'à l'ascenseur. Dans ma chambre je compris que tout avait été fouillé.

Ils me firent entrer à l'arrière d'une 407 Peugeot noire de la police, reconnaissable au gyrophare bleu fixé sur le toit.

Aucun des deux ne voulut plus répondre à mes curiosités. Il m'était tenu pour dit que j'avais rendez-vous avec l'inspecteur Farouk El Mussalami. Je goûtai à sa juste valeur l'équipée en berline au long de La Corniche. Fatigué je faillis m'assoupir au moelleux des sièges. Les plages payantes étaient bondées. Je n'avais jamais aimé Sidi Gaber où la population n'est d'aucun charme. Ici le voile se portait avec l'arrogance d'un choix. Ma préférence allait au petit peuple à qui je pardonnais ses servitudes religieuses bornées.

Dans son bureau climatisé Farouk El Mussalami n'attendait que moi.

Courtois, onctueux, parlant un français impeccable, soigné à l'excès, les mains manucurées, c'était une huile et ses manières affables n'étaient qu'un retour narcissique. Il me laissa l'admirer un moment dans ses aises et fonctions institutionnelles répressives, du genre : « Je claque du doigt et on vous jette en prison mais je suis bonne pâte envers un étranger qui s'égare. »

— Monsieur le Français pour qui travaillez-vous ?

— Et vous-même ?

— Non monsieur le Français c'est moi qui pose les questions. Vous étiez à Rachid hier pourquoi ?

Je lui montrai mon passeport et mon visa touristique récent.

— Nous avons pris nos renseignements, reprenez vos papiers. La question n'est pas d'un visa. Vous cherchez après Mokhtar Mazhar pourquoi ?

Je lui fis observer la réalité et les contingences narratives, en bref le matériau nécessaire à la construction d'un synopsis. Que c'était là mon métier, qu'il fasse le sien et nous en étions quittes d'un quiproquo de police.

— Il n'y pas de quiproquo de police puisque vous cherchez vous aussi Mokhtar Mazhar. Je pourrais aussi bien vous faire arrêter dès à présent sans plus de formalités. Alors vous répondez, que faites-vous présentement en Égypte ?

J'évoquai, le cas échéant, une protection consulaire possible, mon métier pensai-je benoîtement me donnant quelque prestige, mais le commissaire Farouk El Mussalami y entendit une offense nationale.

— Monsieur le Français l'Égypte est souveraine sur son territoire.

— Certes, et nous en France ne tourmentons pas l'étranger en villégiature.

Oublieux du terme villégiature, il sourcilla. Je le lui expliquai.

— La langue française est subtile, un peu trop à notre entendement égyptien monsieur Assaël. Vous êtes libre, pour l'instant. Mais ne changez pas d'hôtel ou vous seriez en infraction. Vous êtes suspecté, disons, d'influence. Le terme vous convient-il ?

C'était toujours le même refrain paranoïaque. J'avais eu bien des peines à braquer une caméra sur les sites officiels sans déclencher des justifications contraires pénibles. *Mamnoua mamnoua*[1] ! Et je n'étais plus couvert par des raisons professionnelles.

Je n'avais pas assez pris au sérieux ce qu'à Paris j'aurais jugé inquiétant. C'est ainsi qu'on se comporte tous à l'étranger, on croit qu'un visa constitue un droit de résidence opportun.

Au sortir du poste de police je m'orientai inévitablement vers la mer. Je passai des rues tristes rectilignes aux immeubles abrupts. Un vent sec venu du large levait du sable mêlé de poussière. L'euphorie d'être libéré à si bon compte s'estompait à mesure que je flânais sur La Corniche. Je reconnus

1. Interdit, interdit.

l'anxiété générée à la sourde inquiétude qui m'éloigna momentanément de la beauté du monde.

Attendu qu'Alex n'était que le pseudo de Kristina qui répondait anonymement à son amour lointain quelque part en Égypte j'avais imaginé tous les possibles d'une histoire d'amour contrariée par je ne sais quel destin tragique, un remake camouflé de film romantique genre thriller amoureux version désertique avec tempête de sable et campements de bédouins. Rémy Boncourt ne m'avait-il pas confié « le rat de comptoir derrière ses percolateurs au Brasilian, on est en compte lui et moi, il m'en doit. » Autre piste : « Moi je ne pipe pas un mot teuton mais Kristina parle le chleuh génétiquement. » La missive venant d'Allemagne la déduction était facile. La réalité me bloquait vu qu'elle dépassait ma piètre imagination. Mokhtar Mazhar m'aurait avoué ce qu'il savait de Rémy... Je pensais commencer par là ma fiction, au plus près du réel, pour me donner un commencement. Je n'avais pas prévu d'écrire l'histoire d'un gugusse en mal d'inspiration tourmenté par la Sécurité intérieure égyptienne. Il m'aurait fallu retourner à Siwa pour comprendre et j'étais quasiment assigné à résidence au Triumph Hotel.

J'arrêtai un taxi déglingué qui fumait comme une friteuse, la longue course jusqu'à Ramleh négociée au mieux.

À L'Impérial je cédai mes souliers au petit cireur déluré. Je patientai après mon thé en chaussettes, les deux pieds sur le morceau de carton qu'il avait jeté sous ma table. L'Impérial est le café des notables cultivés alexandrins mais c'est un endroit authentique.

Quand je reçus mes souliers reluis de frais de ses mains enfantines je crus qu'un ange m'en faisait cadeau. Dans ma confusion je donnai au gamin un fastueux pourboire, ses mains maculées de cirage pour le recevoir. La scène n'a pas échappé au vieillard derrière ses lunettes épaisses assis à la table voisine « *La, la, la* ! » Il gourmanda le petit d'avoir accepté le trop perçu de la part d'un *agnabi* ignorant le tarif en vigueur. Je m'interposai et redoublai mon obole mirifique. C'était une erreur, une grossièreté de la part d'un étranger. Le garçon déboulait déjà pour chasser l'ange à la rue, mon ange aux mains de forçat. J'étais meurtri de la beauté bafouée au

pays des injustices admises. En retard Mohammed arriva sur ces entrefaites, nous avions rendez-vous.

— Je vois que tu compliques encore la vie, les actes des hommes se jugent à leur fin !

Je l'invitai à ma table, il hésita…

Silencieux un moment puis.

— Je voudrais revoir ton oncle ?

— Tu aurais tort, la police est allée le tourmenter hier à El Max.

Je n'insistai pas, mon idée étant de passer outre toute prudence, j'irai voir l'oncle sans l'assentiment du neveu.

— Alors parle-moi de Mokhtar Mazhar ?

— Ne coupe pas l'arbre qui te donne de l'ombre.

Sans prendre le temps de finir son thé il m'a laissé seul prétextant un rendez-vous. Les joueurs de dominos derrière leur rempart minuscule jouaient une guerre de position. Rien n'avait vraiment d'importance pas même les deux étudiantes qui s'offraient un cacao sagement comme deux nonnes en goguette sous le regard mi-réprobatif mi-envieux des hommes. Sur une colonne une affiche du Centre Culturel Espagnol mentionnait l'exposition Tina Modotti. Je sortis avec cette idée d'aller rue El Horreya me divertir.

J'achetai en passant un *fetir*[1] pour déjeuner dans une échoppe de la place Ramleh.

Dans le silence des salles d'exposition aux boiseries cirées, au parquet grinçant, les images renvoyaient à une propagande idéologique tragique et triste. Un portrait de la photographe par son amant Edward Weston montrait un visage séducteur, aussi un nu universel et précis comme une offrande aux concupiscences futures attestait que Tina était belle. Je m'attardai à parler un peu avec le personnel gardien toujours réservé, comme il se doit dans toute institution étrangère au Moyen-Orient.

Je cédai le seuil aux deux flics qui m'avaient amené à Sidi Gaber. Ostentatoirement voulaient-ils me signifier qu'ils ne me lâcheraient pas ? Intimidation ?

Je profitai de les avoir localisés pour sauter dans le premier tram en direction d'El Max.

Des pêcheurs lançaient leur filet depuis l'enrochement du brise-lames, ameutant un tourbillon aérien d'oiseaux de mer. Sur la grève

1. Galette feuilletée.

des enfants ont commencé de me harceler pour me vendre un briquet hors d'usage. Je les avais sur le dos depuis un quart d'heure quand un pêcheur, turban éclatant de blancheur, moustaches autoritaires, les chassa comme des mouches. Je les voyais s'éloigner à la recherche d'une autre victime, d'un autre *khawaga* supposé égaré à délester de quelques livres.

L'oncle n'était pas plus mal, le chat non plus. Je m'assis sur le banc au midi, la chaleur de l'astre suppléait aux globules manquant à mon interlocuteur essoufflé que le froid de l'éternité envahissait de l'intérieur. Ciel et mer confondus en l'absence d'horizon les barques au mouillage, à quelque distance du rivage, en suspens dans l'azur plus que ne voguant désorientaient la compréhension habituelle de l'horizontalité.

C'est lui qui a rompu le silence qu'amplifiaient les cris lointains des enfants fous.

— Tu es revenu pour savoir, je t'attendais. Que celui qui détient les osselets joue… *Yanni,* il a fait mon portrait. Il dessinait tout le temps, sur des carnets et aussi il faisait des grandes peintures comme il y en a dans les musées roumis. Sur La Corniche il dessinait les enfants qui lui couraient après. Ils étaient amis avec Abdu, le vieux qui tenait le bistrot sur la plage d'Anfouchi. Les chiens jaunes ne les mordaient pas ni lui ni la fille qui l'accompagnait partout, qui prenait des photos.

Quand Abdu voit venir à lui les deux *agnabi* il ne croit pas qu'ils vont s'installer autour de ses planches pourries, à quoi se résume son établissement sommaire. Il sait à l'échine hérissée de présages hargneux des chiens jaunes sans nom que ces deux-là ne sont pas pour autant coutumiers de cette langue de sable grise où la brise jour après jour pousse ses amas d'épaves qui font rempart au flot sans ressac. Passé cette désolation et ses pestilences, par-delà le semblant de rivage, Abdu sert le thé aux pêcheurs en semaine et aux Alexandrins de piètre apparence les vendredis de Dieu.

Des enfants, les plus petits, font japper une chienne de lui avoir soustrait un chiot de sa mamelle. Des orphelins qui aident le vieux dans son commerce à ciel ouvert, maladroits à laver les verres qui s'égouttent sur une planche au soleil.

Suivis des chiens jaunes les enfants vont à eux les premiers, s'emparant du matériel du peintre pour un *bakchich*[1]. Kristina serre ses appareils, couvre ses objectifs pour être libre de les accueillir bras ouverts. Ainsi commence leur premier jour à Anfouchi et jamais ils n'y connaîtront moins de beauté. Le soir ils reviendront pour voir les chiots des chiens jaunes et les enfants sans parents gîtés sous la barque abandonnée, quand Abdu s'en sera retourné dans ses quartiers de misère quelque part après le Canal Mahmoudieh. Les enfants et les chiens comprendront sitôt qu'ils sont amis de leur dénuement. Rémy ce soir-là se baignera avec Saïd et Ahmed dans l'eau noire où se mirent les lumières de Qayt Bay. Bon nageur, ils l'admireront, leur amitié se scellera définitivement quand il ne refusera pas de shooter dans une boîte de conserve emmaillotée de chiffons pour dribler et faire des passes dans les jambes brunes de ses jeunes admirateurs aux pieds nus.

1. Pourboire.

Kristina tourne en dedans son regard bleu. C'est le moment de remplir la cuve de développement d'hydroquinone à la lueur provisoire d'une lanterne rouge de fortune, (comme dans le plus secret boxon berlinois d'avant la guerre, s'amuse-t-elle).

Les films essorés entre deux doigts agiles sont mis à sécher. Cela se passe dans le cabinet de toilette au plus profond de l'appartement de la rue Abdel Moneim. Sur les planches-contacts chaque vue est interprétée à la loupe. Apparaissent successivement Abdu et les orphelins, les chiens jaunes sont en noir et blanc. Ahmed est beau au sortir du bain sur fond de nuit (il sera sélectionné pour un tirage de lecture).

L'après-midi se passe sur la terrasse à l'abri des canisses de palme. Elle étudie l'arabe avec l'accent germanique, ce qui fait rire Rémy :

— Ach so, *al hamdulillah* !

Il est occupé à peindre debout contre une table, devant ses feuilles de grand format. Il peint la rumeur du quartier, le clairon d'un proche casernement, l'appel à la prière, dans l'épaisseur triste de la poussière solaire qui recouvre la ville à trois heures d'après-midi.

À cinq heures commencent leurs errances heureuses : le thé chez Vinous rue Nabi Daniel. Les yeux extraordinaires, qu'elle a maquillés en s'inspirant de figures pharaoniques, subjuguent le serveur du salon de thé qui a l'air d'un géant de conte infantile, elle le sait. Rémy sait qu'elle le sait. Sait aussi qu'elle s'éprend d'elle-même sous le regard de tous les hommes dans la rue. Il n'en tire aucune vanité, ni ombrage. Une vague inquiétude le prend à l'idée qu'il pourrait ne pas l'accompagner dans cet autoérotisme échevelé, un peu inconscient, dangereux…

À Ramleh les trams jaunes tournent comme des jouets. Ils sautent dans le premier qui ferraille et démarre dans une secousse dans l'éclatement de son arc électrique.

Ils vont voir les chats des brise-lames qui se reproduisent dans les cavités du béton à l'abri des embruns à Qayt Bay, auprès des fiancés prudes qui se tiennent côte à côte devant le couchant, chacun, chacune dans la prison de son corps. Les chattes

mettent bas et lèchent leurs petits sous le regard de la fiancée que Dieu garde pour l'hyménée. Kristina tourne ses objectifs vers ces sujets. Lui, écrit un poème sur le revers d'une feuille où il a lâché la proie pour l'ombre.

La nuit les prend. Ils fument les Belmont qu'ils ont achetées au revendeur de cigarettes sur La Corniche.

Pour quelques piastres les pépins de tournesol sont une denrée de souris qu'on décortique entre ses dents, un papier d'emballage gris les contient comme un rouleau de monnaie d'usage archaïque au plus profond des poches.

— *Yanni,* reviens demain tu m'as fatigué. Aide-moi à me lever.

Et de m'expliquer que c'est l'heure où l'ombre est meilleure derrière la cabane. Un autre banc de planches de bois flotté que la mer a rejetées a été cloué grossièrement à l'appui des tôles. Un instant l'ombre parut une cécité où l'œil coordonnait encore mal mon geste utile.

Je l'assis en lui tenant les mains. Le chat a suivi le vieux dans son repaire ombreux, sur pattes sa maigreur marquait son échine de la queue à la tête, son miaulement : une plainte craintive et misérable quand la mer laissait un silence entre les vagues.

Mon ombre me devançant je laissai El Max derrière moi pour rejoindre le terminus des trams. Des femmes y étaient accroupies dans la poussière, flanquées de bagages invraisemblables, de ferblanteries, de récipients qu'elles couvaient comme des poules l'aile basse dans la chaleur accablante de midi. J'aidai celle qui était devant moi qui obstruait la portière du wagon à hisser son viatique domestique contenu dans sa malle à quatre nœuds, une pièce de tissu noire nouée autour de ses casseroles. Elle me gratifia d'un sourire qu'elle partageait avec la voiturée complice déjà installée. Ses incisives manquantes, le rire advenu de toutes ses rides me mirent en joie moi aussi. La course est longue d'El Max à Ramleh. De station en station l'encombrement du wagon ne laissant plus une place à l'intérieur des hommes en grappes voyageaient sur les marchepieds, satisfaits le nez au vent de la vitesse, les sonneries du conducteur, les klaxons fous aux carrefours où un *chaouiche* inutile dépensait sa belle jeunesse à faire la circulation. Diverti comme on l'est dans les embouteillages en Alexandrie je touchai bon port dans l'hilarité intérieure. Mes commères voulurent bien saluer l'*agnabi* ignorant des usages réservés aux femmes de l'Islam. « *Ya madam, ma'a salâma*[1] ! » et de nouveau pouffant à mon intention dans le désordre urbain.

Je retrouvai la mer, La Corniche, les palmiers turbulents agités de brise comme des moulins. Je n'avais d'autre urgence que l'envie d'une tasse de thé dans le jardin du Centre Culturel Français. Je ne pris pas de taxi et remontai la rue Nabi en ménageant une halte chez Vinous pour acheter de ces délicieux gâteaux qu'on appelle des Yeux de Cléopâtre.

Mon beau *chaouiche* baissa sa mitraillette cette fois aussi et j'en fus encore ravi.

Des étudiantes potassaient leur cours de français studieusement à la table voisine. Des chats grattaient dans les massifs de cannas, des pies faisaient ployer les basses branches d'un citronnier. De la rumeur assourdie de la rue ne parvenait qu'un bourdonnement lointain ne laissant entendre

1. Oh madame, au revoir. (honorifique)

distinctement que les stridents klaxons. J'étirai les jambes de contentement sous le guéridon, sortis le sachet de thé de ma tasse et souris bêtement à mes silencieuses voisines aux cheveux contenus dans un foulard réglementaire épinglé d'or, qui levèrent le nez de leurs fiches à ce moment-là. J'étais en Égypte pour ce genre de félicité banale, mais qu'on ne trouve plus ailleurs. Elles m'épièrent de nouveau au bruit

du papier déchiré du trop précautionneux emballage de chez Vinous. Gourmandes, ne refusèrent pas de partager mes sucreries de demoiselles, occasion trop bonne de tester leur accent en me remerciant dans une adorable concurrence linguistique.

La bibliothèque est un endroit réservé, la suffisance y est de droit mais parfois un authentique érudit s'y confine et prend ses aises dans un de ces fauteuils de cuir tendu sur une armature de tubulure design pour relire le passage méritoire d'un ouvrage de renom. J'aime la dérision des refuges culturels, ce resserrement sur soi pour échapper au destin commun, car la beauté, qui est une folie, y est à tous ce que le discernement est pour chacun. Mes deux flics en costume sans cravate sont entrés à ma suite dans le havre de paix feutré, le plus mature est allé directement s'entretenir à voix basse avec la bibliothécaire, derrière son écran elle minaudait de sorte que je ne sus pas si le propos était de drague ou à mon encontre… J'ai perdu patience, à tort bien entendu.

— Vous n'avez donc pas plus urgent à vous occuper ?

— Ne le prenez pas sur ce ton Monsieur Assaël, tous mes vœux vous accompagnent dans votre projet professionnel. Je suis moi-même un inconditionnel de la langue française. Comme d'autres de ma promotion j'ai étudié ici votre langue pour laquelle j'ai un infini respect.

Cabotin, il fit un geste circulaire plein de munificence et je dois dire qu'il ne manqua pas de théâtralité.

— À la lettre S, sur la rangée du fond, en bas à droite, votre Simenon m'a mis en garde quant à la nature européenne. Que de poésie subtile dans votre désespérante rêverie des bas-fonds de la conscience humaine. Bien entendu *Le locataire* m'a touché au cœur, mais la délinquance civile et le crime contre l'État ne doivent pas être confondus avec, disons, l'indulgence littéraire. Sommes-nous d'accord ?

— C'est pourquoi je vous ai demandé si vous n'aviez pas mieux à vous occuper, de cela nous sommes d'accord.

— J'ai étudié vos existentialistes, ils sont remarquables, eux aussi, l'absurde est une notion qui n'a pas cours en Égypte vous vous en apercevrez *incha'Allah*.

Le jeunot est resté en retrait, à couvert de son aîné qui avait accaparé l'espace discursif, on le sentait admiratif, au moins autant que la bibliothécaire aux yeux de biche.

Mohammed a traversé la salle d'exposition, visible d'où nous nous tenions debout.

— Une de vos relations, Mohammed Soleiman, collectionne les anciennes coupures du *Progrès Égyptien*. Nous savons que vous partagez cette passion indiscrète avec moins de transparence…

Sur quoi, le geste ironique, il me présente une photocopie de l'article du Progrès qu'il a sortie de sa poche intérieure de veste en laissant paraître sur une section de poignet velu la pierre noire d'un bouton de manchette carré serti d'or et une montre de prix en une éclipse luxueuse arrogante. Je ne doutais pas qu'il plût à la dame assise derrière l'ordinateur de concevoir cette pilosité mâle comme une promesse virile.

— En français faubourien ces gens-là se nomment des mouches à merde. Et après, les photocopies sont-elles une atteinte à la sûreté de l'État ?

— On ne se plaint pas des mouches à merde quand on se tient soi-même près des latrines, Monsieur Assaël. Quant à la sûreté de l'État… laissez-nous en définir les contours. Vos investigations vont tôt dépasser vos compétences, je crains que Cavafy l'orgueilleux vous ait été de mauvais conseil. Écrivez une histoire d'amour divertissante avec turpitudes récidivantes, à la Française, vos compatriotes les adorent, et laissez les fonctionnaires de la Sûreté intérieure s'occuper de leurs récits. Nous serions fâchés que vous portiez la responsabilité d'un incident diplomatique.

— Déclinez vos qualités que je prenne congé, inspecteur ?

— Lieutenant Morsi. Mon second, Hossem Aroussi, qui est encore stagiaire et qui est promis à une belle carrière dans nos services.

La pourpre se mit aux joues lisses du stagiaire. Je profitai de sa gêne pour l'incendier jusqu'à la racine des cheveux.

— La fortune sourit aux audacieux.

Et je fis semblant de m'intéresser à choisir un livre dans les rayons, d'où je vis les deux occultes de la Défense intérieure passer la porte du bureau du directeur, en poste depuis le dernier gouvernement égyptien.

Visiblement la bibliothécaire m'était devenue hostile, je la connaissais pourtant. Durant le tournage j'avais eu à me procurer de la doc sur le tas, si j'ose dire. Elle avait su me renseigner adroitement sur les célébrités natives d'Alexandrie : de Georges

Moustaki à Claude François. Elle a baissé la tête quand je l'ai saluée pour sortir.

Je voulais retrouver la paix et réfléchir. J'arrêtai un taxi pour me rendre au musée gréco-romain rue Al Mathaf al Romani. La vue de quelques belles pièces antiques m'aiderait à modérer ma colère, sinon à relativiser la situation...

Un jardinier s'occupait à élaguer une variété de palmiers nains avec la lenteur de ceux qui maîtrisent de longtemps le plus simple des gestes, comme une seconde nature. Distrait et concentré tout à la fois, lointain. Un autre arrosait des plantes aux floraisons opulentes sous la double opportunité de la chaleur et de l'humidité entretenue en permanence. Des statues sans véritable grâce que celle d'avoir été soustraites au temps concouraient à donner à l'espace une solennité connue et rassurante. Pas de touristes là non plus. Sur le banc où je prenais du repos je m'entendis proférer pour moi seul cette sottise proverbiale : *à quelque chose malheur est bon* et il arrive qu'une sottise vous mette de meilleure humeur, il suffit de la dire soi-même.

La poussière est de haute signification dans les jardins égyptiens, c'est la retombée et le poids de toute l'inertie d'une hérédité solaire. La palme même en sa rigidité végétale pouvait signifier *el mektoub*[1], car les palmes écrivent sur le ciel blanc une fatalité d'usage ancien. Depuis mon banc je vivais cela en parallèle de pensées en rebond d'idées. Mohammed Soleiman, puisque je connaissais son patronyme dorénavant, était-il un indicateur occasionnel ? Que savait-il au juste de Mokhtar Mazhar ? D'autre part rien ne l'obligeait à me mettre en confidence avec son oncle, sinon un mouvement soudain d'amitié révérencieuse. Je ne doutais plus qu'il fût sous surveillance policière.

La brise de mer s'est levée faisant frissonner le jardin de toutes ses feuilles. L'éventail des palmes agité de soubresauts nerveux devenu vivant par la main du vent. Tout de présages heureux l'après-midi ne portant plus aucune trace de mon agacement premier j'en vins à considérer qu'un abandon aux événements ne pouvait m'être que salutaire et profitable à l'inspiration. Je me faisais joie de rentrer à ma chambre qui devait à cette heure solaire se lamer des ombres parallèles des persiennes closes, non sans réminiscence d'un cliché de Weegee.

---

1. C'est écrit, locution fataliste.

À l'accueil on me décrochait ma clef avec moins d'empressements heureux depuis la visite du lieutenant Morsi. Je crus lire une marque de compassion quand il baissa son regard sur ses babouches, aucun doute qu'il n'aurait pas voulu être à ma place le *baouab* chétif aux doux yeux de cendre dans un visage souffrant grêlé par la variole. Spontanément, en retour, je lui laissai cinq livres sur le comptoir où je ramassai ma clef. Nous nous sommes compris. L'Égyptien assidu du dénuement possède admirablement ce sens du non-dit.

À la faveur d'un rai de lumière espiègle sur le bois blanc :

Kristina Hauptmann et Rémy Boncourt commençaient d'apprivoiser leurs journées alexandrines. Le matin c'est lui qui sortait le premier pour faire la queue au fournil le plus proche. L'odeur du pain se humait sitôt la porte de l'immeuble tirée sur sa gâche. Il tâtait invariablement sa poche pour assurer son retour, il y trouvait la clé sous un kleenex (ceci est une preuve, non une indication, de sa nature organisée organisée-providentielle aurait-il dit narquois). L'odeur amplifiait à l'approche de l'échoppe où l'on n'entrait pas, la queue demeurant sur la rue devant les grilles noires de tout ce que la rue Abdel Moneim rejette de fumées, de poussière, de rouille de temps horizontal.

Il s'en retournait avec ce butin de pains *baladi*[1] qui ne coûtaient que quelques piastres. De ces pains en forme de pochon, de ceux dans lesquels le marchand ambulant cache deux cuillerées de *foul* comme une ration obole clandestine spirituelle sous le ciel de Dieu et sur la rue Abdel Moneim.

Sitôt rentré à la résidence et après s'être bien imprégné des valeurs siennes, les plantes grasses caoutchouteuses dans de grandes jarres méditerranéennes sur la terrasse, que madame Andranopoulos arrosait chaque deux jours en laissant s'épancher de longs ruisseaux tristes qui s'égouttaient de très haut sur les toits usiniers des hangars en bas. Et les toits besogneux abritaient des ateliers où l'on martelait la solitude industrieuse et concevait l'arithmétique des profits. Les Andranopoulos en étaient propriétaires aussi.

Sur l'autre bord de la terrasse, qui couvrait grand, à l'égal de la superficie de l'immeuble

1. Du pays, au sens local.

respectable de bel ouvrage, Rémy s'appropriait les lointains vers le port qui s'apercevaient dans l'échancrure d'une rue sur l'horizon urbain. Tour d'horizon légitime, sa nature étant retorse à l'exiguïté.

Il réveillait Kristina qui se tournait alors dans les oreillers avant de se lever nue. Lui, écrivait sur son cœur et sur son petit carnet « ses petites nudités » car il lui semblait qu'elle possédât une infinité de nudités. Elle n'était pas nue par exemple l'après-midi pour la sieste amoureuse comme au milieu de la nuit quand elle faisait un cauchemar et qu'il devait la rassurer, la rendormir comme une enfant. Le matin sa nudité était gagnante, conquérante d'une journée de tant d'heures heureuses à combler. Ils ne se connaissaient pas encore tout à fait et pouvaient tout faire valoir de l'amour.

Elle attendait sur la terrasse où les canisses ombreux zébraient la faïence de deux bols de bon goût que la Castafiore avait chinés sur le marché aux puces du port un vendredi, il venait presque aussitôt la rejoindre avec le café dans la cafetière italienne qui glougloutait d'ébullition quand il n'y avait plus que de la vapeur d'eau. Elle lui avait dit, en faisant le même bruit avec sa gorge « elle se gargarise la cafetière malpropre à l'italienne », il avait répondu en enfermant une grosse cuillerée de confiture de figues dans son pain pochon « c'est un point de vue germanique, les Allemands n'ont que des points de vue sanitaires ». Ils s'habituaient l'un l'autre à tenir en échec leurs démons héréditaires, mais elle voulait se souvenir qu'elle était une conquête française (elle lui avait dit cela au plus fort d'un combat amoureux où elle s'était rendue corps et âme à l'ennemi dans une défaite voluptueuse et sublimée), elle savait les rôles intermittents de l'amoureuse. Et lui savait que l'intelligence amoureuse était exceptionnelle dans cette petite nudité germanique. Elle dit « tu es très barbu ce matin ». Il passa machinalement le plat de sa main sur son menton sans en tirer aucune conséquence. Elle lui dit « il faudra penser à acheter des lames de rasoir mon *habibi*[1] ».

Déjà ses pensées couraient des horizons, des déserts. Il songeait à madame Andranopoulos comme à une énigme à résoudre. Kristina ne savait

1. Chéri.

pas encore qu'il pût se montrer opiniâtre dans ses obsessions si celles-ci prenaient, pour lui, la forme commençante d'un destin. Notion qui lui était, à elle, inaccessible.

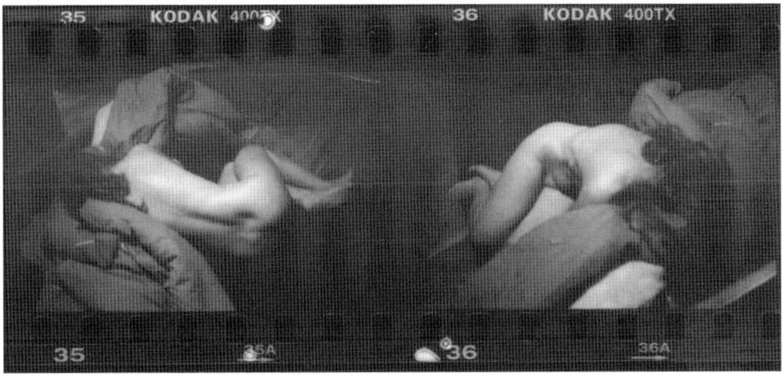

Le *baouab* derrière ma porte :

— Mister Assaël ?

J'ai ouvert à son faible frappé, le recruté stagiaire Hossem Aroussi qui se tenait en arrière passa le seuil à mon invite. Les bruits de l'hôtel cessèrent sur la porte refermée. Seul, il me parut de plus belle prestance que je ne l'avais conçu en fâcheuse compagnie. Joli peut-être, mais sûrement touchant avec son air des beaux quartiers. Je m'agitai, sa timidité communiquant de la gêne.

Je le fis asseoir dans le fauteuil tandis que je m'asseyais sur le bord du lit. Il sortit de sa réserve sitôt en timide qui se jette à l'eau.

À l'en croire j'étais dans une fâcheuse posture. Il était là en dehors de toute fonction officielle. Le lieutenant Morsi avait des raisons particulières de s'occuper de mon cas. Ces raisons étaient qu'il voulait briller auprès de son supérieur le commissaire Farouk El Mussalami. « Les torts » qu'il pouvait me causer étaient inimaginables au regard de ses pouvoirs… Il m'enjoignait de quitter Alexandrie et l'Égypte dans « les plus brefs délais ».

Je crus volontiers son émotivité sincère, lui assurai que personne ne serait au courant de sa visite au Triumph Hotel et me levai pour atteindre deux Coca dans le frigo indiscret aux vibrations de tondeuse à gazon. Nous bûmes au goulot, la scène me rajeunissait. Un éclair de vision je nous imaginai après l'amour, dans le désordre des draps dans le temps si précieux qui suit l'abandon à des voluptés trop dures où chacun a joui de l'autre indécemment… d'autres scènes s'interposaient… Sans doute connaissait-il mon goût pour les garçons qui lui ressemblent, ma fiche de police dûment complétée justifiait-elle son embarras.

Je voyais ses mains soignées et fines de très jeune homme, celle qui se fermait suggestivement sur la bouteille de Coca… Il s'en aperçut et sourit. Je lui demandai ce qu'il était vraiment venu me dire ?

À cet aveu qu'il était l'amant du lieutenant Morsi j'eus un recul, confondu devant ma piètre perspicacité. L'aveu fait dans la plus obligeante simplicité je me piquais d'être jaloux d'un lieutenant de police ! La hiérarchie fermait-elle les yeux sur certains arrangements de faveur ? Les prestations du petit stagiaire faisaient-elles oublier un manque de diplômes ? Mussalami régnait sur la ville, organisant ses allégeances, recrutant dans la compromission. Tenant ses quartiers en réseaux d'intérêts. Au nom évoqué de Mohammed Mazhar Saïd se leva pour partir. Je le fis rasseoir pour une autre question : qu'est-ce que Mussalami pouvait bien craindre de moi ? En posant la question j'y répondais et m'en aperçus. Selon mon joli visiteur aucune question n'était de mise, je devais partir et le plus tôt serait le mieux.

Rendu à ma solitude, je sortis une chaise sur le balcon. Dire que j'avais besoin d'air serait peu dire : Mussalami ne savait pas ce que je savais et je ne savais pas ce que je ne devais pas savoir.

Le soir est venu et ses odeurs chaudes, sans doute, comme chaque soir, La Corniche s'étirait-elle en un long serpent lumineux des feux des voitures immobilisées. Sans projets futiles j'étais sur le balcon à considérer un cocher de calèche qui nourrissait son cheval d'une brassée de luzerne qu'il est allé chercher sous l'essieu. De cette luzerne cultivée après le canal du Nil. Je n'avais pas tranché sur le but de mon visiteur, il se pouvait aussi bien qu'il fût envoyé par Mussalami lui-même ? L'effroi qui m'avait saisi un moment, où je me vis descendu en enfer dans une geôle dont on m'a fait la description infâme, s'était dissipé pour laisser place à une idée plus valorisante de moi-même. Je ne céderai rien. Je m'en donnai la preuve en remettant ma clé sur le champ au *baouab* et en attrapant le premier tram bondé pour El Max.

Je ne m'expliquais pas pourquoi j'aimais tant le terminus en rotonde d'El Max où le tram attendait longtemps avant de repartir. Les voyageurs s'y acheminaient sans hâte, venus du découvert où tout semblait si désolé, et une fois assis ils regardaient le vide à la vitre, le vide alentour ou la nuit lointaine. L'attente du départ les rendait tous identiques à eux-mêmes, une communauté d'êtres qui attendent… Saura-t-on jamais combien les lieux conditionnent les êtres ?

J'arrivai tard. La nuit d'encre ennoblissait la rumeur de la mer. Des lumignons s'étaient allumés dans les cabanes. Dans la première la porte ouverte laissait voir une famille regroupée autour d'un *babour*. Ces gens-là étaient heureux à fleur de terre. Je les enviai jusqu'aux larmes.

À travers les planches disjointes chez l'oncle où je devinais de la lumière je collai un œil à une fente dans le bois de la porte et vis qu'il caressait le chat, assis depuis son grabat. Un restant de *foul* dans son écuelle à son chevet me renseigna qu'il avait dîné tôt. Je frappai aux planches de la porte.

À l'intérieur il faisait assez clair autour d'une lampe-tempête. L'oncle ne s'étonnait plus de rien, comme ceux qui ont déjà quitté le monde et qu'un seul souvenir semble obséder. Cette dernière attente muette, cette force de caractère, me parurent le comble de la dignité mais aussi de la tristesse assumée. Sans doute savait-il plus que moi pourquoi j'étais là à le tourmenter, à coup sûr un sentiment de fatalité reconnu de lui à moi, que j'entrevoyais à présent.

Rémy avait séduit Madame Andranopoulos, « séduit » comme il séduisait la vie… les autres étaient des figurants dans sa perspective de fuite. Il vivait l'irréalité morale de tout à en oublier qu'il y a un lendemain par jour. Or la Castafiore ne vivait que pour ces lendemains de fortune.

Quoi qu'il en soit, après de longues séances de peinture sur La Corniche où les enfants posaient pour des portraits – qu'il leur abandonnait rien que pour les imaginer rentrant chez eux dépliant le dessin qu'ils avaient froissé dans leur hâte de le montrer à une mère douce et docile sous le voile marial – il s'en retournait vers Mancheya où il retrouvait Kristina au Grand Café du Nil sous les hauts plafonds gris des fumées des chichas et des chiures de mouches où elle avait tiré le portrait des joueurs de *tawla*, de dominos et de quelque autre vieillard sirotant son thé dans la pénombre. Bien sûr la photographie avait de ce temps-là la noblesse de l'art, et le mystère aussi, la prise de vue était suivie de secrètes manipulations, chacun qui avait posé le savait, et quasi érotiques étaient ses manipulations sous la lanterne rouge, d'ombres de soi d'où l'on pouvait sortir magnifié, fier et mâle sous le turban de travers comme la casquette des voyous d'Occident – un turban pas très islamique comme une casquette pas très catholique. L'effronterie d'une fille braquant son Carl Zeiss 45 mm en milieu hostile les laissant pantois d'abord et un peu en érection sous la *galabeya* ensuite, et lui pour reprendre la main sur son patrimoine sexuel, devant pareille débauche de petit oiseau qui va sortir, assoyait sa notoriété en détachant de son carnet les portraits des plus typés sous le turban.

Elle et lui se firent admettre tous les jours au guéridon près de la fenêtre sur la rue. C'est là, devant un café *mazbout*[1], qu'elle lui dit :

— J'ai le titre pour l'exposition de mes portraits alexandrins à Berlin : « Das Grand Café du Nil ». Mais il n'avait pas écouté.

La Castafiore fut séduite par le portrait qu'il fit d'elle ce soir là, quand Kristina était occupée à ses obscurités magiques.

Il demanda les bijoux en cascade sur l'opulente poitrine pour arrondir la lumière. Et madame Andranopoulos qui devint réellement la Castafiore se plut en peinture énormément, il est vrai qu'il ne lésina pas sur la matière. Le pourpre incendiait les fonds à la manière d'un Soutine. Elle s'y sentit

1. Moyennement sucré.

GRAND CAFE DU
EN 1886
بن ممتاز

presque jeune et presque belle, le portrait montrait cela en effet (l'oncle m'en fit le détail minutieusement à regret).

Le portrait aux belles dimensions redoublait la présence de madame au salon qui roulait les hanches sous le satin noir devant son effigie. Ce fut ce soir-là qu'elle mit Rémy dans la confidence d'un intérêt lucratif auquel elle voulut l'associer. Cette idée rocambolesque de produire de la fausse peinture avec de la vraie mit le peintre en jubilation artistique, et un peu métaphysique aussi, on s'en douterait à moins; d'autant qu'il s'agissait de plagier l'art funéraire. Ainsi se scella le pacte simoniaque en sa morbidité fiduciaire.

La première étude fut un portrait d'une enfant défunte qui emprunta les traits d'une petite fille qui avait nom Sonia dans la réalité tangible de ces années mille neuf cent quatre vingt dix. Les portraits d'Alexandrins prirent dès lors un double sens nécessairement qui n'échappait pas à la conscience immédiate de l'artiste mais que l'oncle concevait en sa structure mentale superstitieuse comme un piège de *al shaytan*[1]. Ce double sens

---

1. Satan.

accentuait le fait oublié des critiques esthétiques de ce temps, qui ne fut que trop le nôtre, que l'art fut funéraire avant que d'être un divertissement futile. Ainsi Rémy naviguait-il à vue dans un océan atemporel où l'idée n'avait plus cours mais où l'acte suppléait à tout discours fallacieux. Il actait le merveilleux existentiel à des fins encore inavouables aux yeux bleus et à l'entendement de Kristina qui concevait un redoublement amoureux devant tant de supériorité métaphysique, l'amour étant aveugle selon l'adage bien sûr. Quand elle vit le portrait de la Castafiore elle pouffa d'un rire sonore qui dégénéra vite en fou rire inextinguible indécent et inexcusable à la bienséance. La maîtresse de maison n'en prit cependant pas ombrage, ses vues étaient plus longues… Les gains étaient ailleurs, les portraits du faux Fayoum furent dirigés vers des succursales amies, parfois de parentèle. Les collectionneurs se précipitaient dans l'anonymat d'une arrière-boutique à devanture de galerie d'antiquités sur un quai à Paris, sur une Straße prestigieuse à Zurich, à Notting Hill à Londres, et d'autres encore.

L'oncle se mit à respirer avec plus de difficultés, je l'aidai à s'étendre sur son grabat et sortis sous une pluie d'étoiles filantes dans un ciel légendaire pour m'acheminer jusqu'à la plus proche station de taxis où je grimpai dans une Fiat bicolore. Le chauffeur était un homme doux et soigneux dans sa conduite. Une main de fatma suspendue au rétroviseur balançait comme la main de la Reine mère à la portière de sa Rolls Royce. Une salutation de bon augure en somme…

Réveillé tôt, comme tous les matins au boucan des tramways et des premiers Allahou Akbar à l'unisson déversés du haut des minarets par les haut-parleurs enroués, exhortations despotiques qui réveillaient aussi en moi une improbable félicité divine. Je suis descendu après une toilette sommaire m'enquérir d'un rare marchand ambulant matinal pour acheter un *fetir* que je mangeai en regardant la mer assis sur le parapet de La Corniche, juste devant le Café Pepsi, qui ouvrit peu de temps après que j'eus terminé cette sustentation contemplative. Le serveur mal réveillé me hélait depuis sa terrasse. L'Égyptien est merveilleux d'humanité fraternelle deux fois il vous voit et déjà il en conclut à une douce habitude. J'ai remarqué cela maintes fois et toujours sa bienveillance est désintéressée. Mais dès lors sachez que vous n'êtes plus libre d'un écart si vous décidiez de changer pour un autre café dans l'entour immédiat, l'inconstance deviendrait une source de déconvenue, une déception cuisante.

Là, à la même table devant la fenêtre ouverte il me servait mon thé au lait brûlant. Son mocassin maintenant s'ouvrait comme une mâchoire de crocodile, je le lui dis :

— *Aywa* un crocodile du Nil ! En me frappant la main en signe de concorde, à l'égyptienne.

Je crois que j'étais heureux chaque matin pour ces raisons : que la mer était immuable, que Pepsi fait une belle enseigne et que les petits sets de table Lipton Yellow sont d'une incomparable bonhomie sur le trottoir-terrasse.

Je remontai vers les hauteurs du Triumph Hotel après avoir parcouru la presse de la veille distraitement et constaté que le soleil dardait enfin sur la ville. Les Alexandrins sont des oiseaux nocturnes dolents aux aurores.

Je m'attelai à la tâche, relus le peu que j'avais rédigé et poursuivis pour ne rien laisser perdre de ce que l'oncle m'avait confessé.

Rémy et Kristina s'étaient connus à la résidence d'artiste de ce temps, nous le savons, où l'oncle Ramadan y était employé aux mêmes offices que son neveu Mohammed qui lui succéda et j'apprenais que c'était Madame Andranopoulos elle-même qui avait facilité son engagement auprès de l'institution française. Rien d'étonnant à cela vu qu'elle recevait le montant de ses loyers pour les résidences de la bourse de l'État français. Il y avait eu un deal et l'oncle Ramadan renvoyait l'ascenseur en rabattant des pilleurs de sites pharaoniques dans les rets de la receleuse, des paysans pauvres pour la plupart. Il est vrai que la valeur des antiquités était nulle sans le réseau pour les négocier. Le marché de dupes se faisait en catimini dans les ateliers qui servaient aussi de couverture quoique de bonne rentabilité légale par ailleurs. Une fortune s'était faite là à l'initiative de la forte femme : Rémy qui avait subjugué l'acariâtre ne recherchait pas l'aventure en pure perte, en poète. Un soir il suivit l'oncle Ramadan dans le quartier des antiquaires, le quartier El Attarine. Là il le trouva attablé au café avec deux *fellahin*[1] de Haute-Égypte

1. Paysans.

reconnaissables à leur saroual noir et leur visage cuivré surmonté d'un turban éclatant de haute parure.

Quand les deux *fellahin* s'en furent dans la nuit alexandrine, ceux-là continentaux qui avaient laissé des habitudes agrestes fangeuses sous des soleils implacables pour prendre tous les risques dans la grande ville portuaire, déambuleront en ouvrant de grands yeux sur tant de choses maritimes jamais vues. Rémy prendra place à la table où l'entremetteur était encore assis dans le claquement des jeux de *tawla*, la musique syncopée sortant d'un téléviseur détraqué aux éclairs sporadiques enfumés des chichas glougloutantes.

L'oncle me rapporta que ce soir-là inaugura le commencement de ses tourments lorsqu'il céda devant la perspicacité du peintre faussaire qui entendait bien dérouter du circuit certaines belles pièces de petites dimensions de l'époque Moyen Empire de préférence, des figurines de terre cuite d'intégrité formelle parfaite d'avant l'hellénisation de l'Égypte. Précision qui échappait à l'entremetteur et que l'artiste se faisait garant de lui nommer au passage… le chantage se profilait, il perdit dès lors toute sérénité.

Kristina faisait œuvre rare de portraits en situation : marchands de *foul* derrière leurs marmites sphériques recouvertes de toiles à sac, torréfacteurs de patates douces aux côtés de leur fourneaux qui ressemblent à d'anciennes locomotives, marchandes d'allumettes et de briquets, tout commerce de pacotille chinoise et petits métiers ambulants. Dans la cantine des frères coptes en face la poste d'El Attarine où ils déjeunaient de *ta'ameya*[1] ils étaient comme chez eux et c'était encore de belles séances de portraits de déjeuneurs à la hâte car l'Égyptien ne s'attarde pas à table. Des têtes pileuses à la Antony Quinn et autres beaux sourires en touches de piano. Et selon le vœu de Rémy un fugitif cliché de la Castafiore dans l'exercice de recel, en compagnie douteuse, à son insu. Celui-ci avait expliqué à sa compagne qu'il assurait rien moins que leur avenir. La curiosité ne l'emporta pas pour autant. Munie d'un téléobjectif monté sur un boîtier moyen format pour la précision, elle fit ce qui lui était demandé Rémy avait tant de lubies et savait égarer le soupçon, c'était même sa

1. Falafel égyptien.

spécialité. Leur séjour arriva à son échéance. Les six mois passèrent comme un songe. Madame Andranopoulos qui avait la dent dure négocia les droits de résidence âprement en échange de contrefaçons et leur octroya un appartement correct au rez-de-chaussée sur la rue Abdel Moneim et deux visas l'un auprès du consul de France ami qui collectionnait l'antiquaille et les petits garçons, l'autre auprès du consul d'Allemagne nostalgique de l'échec cuisant d'El Alamein qui collectionnait les reliques sur les traces du Deutsches Afrika Korps.

J'ai donné l'ordre qu'on ne fasse plus ma chambre qu'une fois par semaine. Le gérant de l'hôtel, est-il le gérant ? Enfin, l'homme le plus assuré du personnel m'a demandé pourquoi quand je lui présentai ma clef pour sortir. J'avais idée qu'il serait moins facile au lieutenant Morsi de dissimuler l'occasion d'une fouille de mes affaires. C'était bien mince comme défense à y repenser. Le personnel hôtelier se doit à la police bien sûr, dans tous les pays. Mais je marquais mon territoire et mon autorité en somme.

La Corniche était belle, sa courbe jusqu'à Qayt Bay me ravissait encore après tant de contemplations.

À Anfouchi je suis descendu sur le sable gris qui forme le rivage en étroites bandes où les chiens jaunes vivaient en meute. Les barques y étaient toujours. Des pêcheurs qui ravaudaient leur filet m'ont fait signe d'approcher. Ali se présenta le premier. Ces gens-là ont des usages me dis-je en Européen indécrottable. Ils voulaient me vendre un poisson à visage d'ange quand ils le retournèrent sur le dos. Un mouvement de panique me prit à la vue de cet être fabuleux arraché du fond de la mer qui amusait la coterie de sa ressemblance avec la pure présence. Non je ne voulais pas acheter l'ange. Celui qui s'était présenté dans les formes passa son coutelas à son acolyte barbu qui trancha la raie aux deux ailes abandonnant le corps mutilé au ressac où les mouettes se disputèrent voracement la dépouille. Tous se mirent à rire de mon ressentiment, mon empressement à fuir. Mes inquiétudes depuis les assiduités de la police avaient dû me rendre sensible incongrûment ou bien était-ce normal de ne pas vouloir participer au pire qui par ailleurs est toujours sûr d'advenir... Je méditai en pure perte et arrivai à Qayt Bay où je me rendis à la billetterie, j'avais besoin d'un divertissement et m'aperçus que je n'avais jamais eu la curiosité de visiter l'intérieur du fort. Je crois que je voulais, en cela, garder le rêve le plus longtemps possible. Comme je le pressentais dans l'enfermement des murs il n'y avait rien d'exceptionnel sinon quelques coursives sur les remparts d'où l'on voyait loin la mer qui moutonnait sous l'effet de la forte brise du large. Toujours peu de touristes et pas de Français du tout. Les Égyptiens vivant du tourisme sur ces lieux n'en étaient que plus empressés. Mais je ne suis aucunement touriste et pas dispendieux ni curieux pas même du phare d'Alexandrie dont la

découverte des vestiges sous-marins me revenait de droit par l'entremise d'un compatriote qui avait nom Empereur. Et je riais doucement de la confusion à l'égyptienne : sommes-nous tous à leur ouïe empereur un peu, Napoléon lui-même... À la mise en fuite des colons de longue date les révolutionnaires nassériens rebaptisèrent l'Hôtel Anatole France en Hôtel Anatole Égypte ! Il se pourrait donc... J'étais un peu fatigué.

Je me suis souvenu du chantier naval en direction de Ras el Tin. Il y avait là pour me distraire de mes pensées envahissantes des formes futures de navires en construction sur leur rampe loin du flot. Les membrures élancées vers le ciel telles des cages thoraciques de grands mammifères marins dressées sur fond de buildings avaient quelque chose d'anachronique, d'oublié par la réalité économique quoique ces bateaux en devenir fussent construits pour les riches émirats arabes. Après les chantiers la plage est plus belle qu'à Anfouchi et plus vaste. Des chiens divaguaient. Sans maître ils retroussèrent leurs babines sur des crocs féroces à mon approche. Un marchand de thé qui poussait à bras son commerce dans le soleil bas est venu me délivrer

des assauts canins dont j'aurais eu du mal à me défaire seul. Sa sollicitude n'était cependant pas gratuite. J'acceptai le verre de thé dont je n'avais pas envie, que je payai le prix majoré spécial *khawaga* en détresse.

Je le questionnai sur son métier, il s'étonna que je parle sa langue. C'était un homme encore jeune mais sans âge déjà et non sans quelque ressemblance avec Pasolini vers la fin de sa vie. Le contexte de plage déserte où jouaient au foot quatre ados bronzés à l'autre bout, silhouettes devinées graciles dans le contre-jour qui me rendait d'autant l'homme dédoublé et dans le temps et dans l'espace, magiquement. J'étais assis sur une cale de madrier, lui, debout s'occupait à aligner les verres côtelés comme s'il attendait une foule de clients qui devait surgir du néant : l'horizon se marquait de nuages roses en longs filaments. Les ados se rhabillaient déjà et lui s'affairait encore, borné comme le sont les pauvres à leur tâche de survie. Je lui ai remis mon verre vide et je l'ai regardé s'éloigner au long du parapet en béton devant les immeubles où se mirait aux vitrages l'éclat du soir cru.

Probablement Kristina photographia-t-elle le mystère précrépusculaire, les travées entre les galbes pleins des flancs de bateaux en bois du Sinaï – était-ce bien du Sinaï que provenaient les troncs débités sur cet archaïque banc de scie sous ce rudimentaire abri de tôle ? Le marchand de thé le disait… Et Rémy dessinait sans relâche les formes dressées dans le jour restant. Un autre marchand de thé les accueillait-il ? Kristina douce et potelée mangea-t-elle des gâteaux qu'elle avait achetés à un marchand des rues à Abu el Abbas ?

Non, il les lui offrait au passage et c'est lui qui l'avait dégustée des yeux debout devant la nuit.

Le tramway jaune qui fait le tour d'Alexandrie par le Canal Mahmoudieh les emportait riants et insoucieux, ivres des formes fixées sur la pellicule et dans les carnets de croquis reliés à la diable que Rémy confectionnait à partir de papier gris acheté au poids dans la rue des cartonniers, pour revenir à leur point de départ à Ramleh Station où L'Impérial se bondait de monde où Kristina était encore dévêtue en songe sous les regard appuyés des joueurs bruyants.

J'étais revenu sur mes pas la table s'était libérée devant la fenêtre, je l'occupais seul quand un Alexandrin désuet à la longue figure, que j'avais déjà repéré à cette même table, s'est approché fort poliment. Oui je le voulais bien.

— *Etfadal.*

Il était accompagné d'un collègue de la même esthétique qui collait bien avec le café Impérial. Je crus me trouver à Lisbonne au Café Martinho da Arcada dans l'attente d'y voir venir Fernando Pessoa. Parce que leurs tenues vestimentaires étaient semblables à celles de l'intranquille poète lisboète. Sûrement les complets-vestons sortaient-ils de chez un tailleur qui avait dû connaître apprenti les rigueurs de la coupe qu'on marque à la craie, les renforts d'épaulettes et l'entrejambe qui doit solennellement porter à gauche ou à droite, question d'en parler entre hommes... Ils prirent place devant moi. Et bien entendu ce n'était pas dû tout à fait au hasard. Celui à la figure chevaline barrée d'une moustache fine parla le premier.

— Laissez-moi vous présenter mon ami Yussef Al Mahjoub.

Celui-ci se leva à demi de sa chaise et opina du chef.

J'appris inutilement qu'il était comptable à la Banque QNB ALAHI rue Salah Mustafa.

La fine moustache bougea suavement sur une lèvre ourlée pour me dire, dents en or sur le devant, que son propriétaire était un érudit, auteur d'un guide touristico-archéologique, petit dépliant qu'il sortit volontiers de sa poche de veste à mon étonnement feint et admirativement complaisant à ses qualités.

C'était une brochure intéressante quoi qu'il en soit, sur le lac Qâroûn dans l'oasis du Fayoum.

— Nous vous avons souvent vu ici, vous logez au Triumph Hotel. Le téléphone arabe comme vous dites si bien.

Oui j'étais là pour un travail, je m'en expliquai sans détailler. Des touffeurs ouatées arrivaient par bouffées de la vitre ouverte et l'odeur sulfureuse des gaz d'échappement, fragrances acides mêlées de bruits portés à saturation, il me fallut tendre l'oreille, ce que je ne supporte pas, la presbyacousie étant un degré vers un âge redouté...

L'auteur, entendu qu'il avait mon admiration, poursuivit passionnément son bref exposé, fit remonter le temps en moins de deux au Jurassique. Il est des chiffres que je ne comprends pas, que je ne conceptualise pas. Un lac salé à l'orée du désert où l'on pêche des *samak moussa*[1], des soles qui prennent le nom poétique de poisson de Moïse avant que de frire à la poêle suffisent à mon admiration que des affects démesurés viendraient troubler bêtement. Le quaternaire était hanté de grands sauropodes qui avaient noms allosaure, diplodocus et autres dinosaures que sais-je de plus désolant en matière d'angoisse existentielle servie d'une soupe primordiale où le têtard est déjà l'homme prévu. L'odeur rassurante des chichas, des haleines, des sudations bref de l'humanité présente à laquelle je m'accrochais pour mettre en distance cette remontée dans le temps désobligeante me tenait dans la pure perspective de vivre hic et nunc. Je leur en fis état à peu près en ces termes ce qui eut pour effet de faire jaillir les dents en or et s'agiter les gourmettes en argent : j'étais un drôle de Français.

Nous étions jeudi. Le lendemain, jour de Dieu, était férié. J'acceptai l'invitation au lac Qâroûn pour une visite guidée. Fayoum est à trois cent kilomètres d'Alexandrie il fallait prendre tôt le bus

1. Sole, littéralement poisson de Moïse.

sur la place de la Gare le lendemain, ils finirent leur *yansun*[1], de l'anis étoilé en décoction que j'apprécie moi-même quand j'ai bu trop de thé.

1. Décoction d'anis.

Le bus pour Medinet El Fayoum était stationné à la suite d'autres en partance pour Tanta, Le Caire, Damanhur, Zagazig, Port-Saïd, leurs destinations étaient criées comme une invite au voyage. Notre chauffeur était parti chercher son thé au buffet de la gare, c'est ce que m'a dit d'une seule voix la petite troupe des voyageurs toujours enthousiastes à renseigner un étranger, mon accent *fransaoui* ne faisait aucun doute. Quand le chauffeur est arrivé avec son verre de thé fumant une horde piétinait devant les portières closes. L'homme dans son ordinaire prenait ses aises matinales et personne ne bronchait. Je ne comprenais pas tout des mœurs égyptiennes, faisait-il l'important tandis que les passagers s'entasseraient derrière lui en s'en remettant à sa toute compétence pour arriver au Fayoum sans encombre en égrenant leur chapelet superstitieusement ? Les places se sont remplies au petit bonheur. Jusqu'au dernier moment j'ai attendu mes deux compères que je pensais encore voir surgir devant le pare-brise au moment du départ. Je ne pouvais pas penser qu'ils m'avaient joué un vilain tour. Ils devaient avoir eu un empêchement sérieux, leur plaisir était tel quand j'avais accepté sans hésiter « de leur faire cet honneur ».

Pour conjurer le mauvais sort des sourates monotones sortaient des haut-parleurs nasillant.

Ils mirent longtemps avant que de baisser le canon de leur Kalachnikov – il fallut l'heure de la prière. Alors ils déroulèrent leur tapis vert en direction de la Mecque. Leurs prosternations accomplies ils revinrent vers moi. Et c'était bizarre de se retrouver prisonnier en si peu de temps. Les autres en civil étaient restés prêts, le talkie-walkie en main. La conversation dans l'appareil m'était en partie inaccessible, je me mis à douter de leurs réelles identités lors qu'ils priaient aux côtés de leurs armes automatiques – et si c'était pas des vrais de la Brigade Anti-terroristes, Fayoum est un fief intégriste ? Mon passeport fut remis à un gradé en civil. J'ai compris que j'étais bel et bien dans la merde dès le début quand le type s'est mis à sangloter quand ils lui ont passé les menottes et qu'il n'a pas même voulu de mon argent pour la course : un *fellah* à qui j'avais demandé mon chemin pour Chakchouk et qui m'avait véhiculé pour quelques livres. Il était heureux de l'aubaine, de gratter un peu de flouse et moi j'évitais d'attendre le bus, qui d'ailleurs n'arrivait pas...

Nous deux derrière le pare-brise, un tas de choux au ras les ridelles du pick-up, le paysage pharaonique défilait, c'était en milieu de matinée.

Les norias fonctionnaient, puisaient l'eau scintillante dans le soleil montant. Des petits ânes blancs tiraient des tombereaux de canne à sucre et manquaient verser en se serrant sur le bas côté. Des *gamousses* luisantes leur cuir noir comme les alluvions à perte de vue qui allaient lentement, leur vie obtuse de bêtes de somme, d'animaux pénitents et la peine et la jubilation d'exister se confondaient et c'était bien cela que j'étais venu pressentir ici au Fayoum précisément. Chakchouk se trouvait au bord du lac Qârûn, sur la carte c'était attirant, désertique autour...

Ils ont fini par céder. Non, je ne voulais pas réserver une chambre dans un hôtel de luxe au bord du lac. Non je n'étais pas non plus un espion israélien, comment leur expliquer ce qu'ils savaient déjà ? Je voulais traîner mes groles dans la pierraille sèche, écouter le vent désertique et voir apparaître les hordes d'enfants, si petits dans le lointain, venir à ma rencontre en levant la poussière dans leurs cris d'enthousiasme naïf. Je voulais prendre langue avec le vieux qui crache sa tabagie catarrheuse le regard sur l'horizon. Je voulais voir la vieille tannée aux mains tatouées ensevelie vivante dans ses voiles noirs jusqu'aux yeux.

Un rapace tournait sans fin sur les rives nues du lac salé. Je me suis arrêté pour l'admirer, pour admirer l'entour inexistant, presque, et cosmique d'avant les hommes et le flic qui avait mon passeport me demandait d'en rendre compte. M'en débarrasser je n'avais pas pu, ses supérieurs l'avaient missionné de me tenir à vue jusqu'au soir où il devait me remettre au chauffeur du bus pour Alexandrie.

En longeant le lac je suis parvenu à Chakchouk. Des barques de pêche à l'amarre s'alignaient magnifiquement devant le village riverain. Là encore lorsque j'ai voulu prendre des notes le flic a mis la main à plat sur mon carnet : *mamnoua*. J'ai pensé l'amadouer en lui offrant un menu de poisson au restaurant qui surplombait la rive ; il a accepté mais s'est retiré aux cuisines pour manger avec d'autres lascars de son acabit. De guerre lasse je me suis attablé à l'étage. Vue d'en haut l'étendue d'eau salée sous le ciel désertique avait vraiment la vacuité du monde comme si nous n'y étions pas. L'idée d'une étendue d'eau salée résiduelle parmi les sables à la décrue diluvienne, sans qu'il y ait rameau d'olivier au bec d'une invraisemblable colombe pour rassurer, donnait la mesure. De fait l'effroi cosmique répondait bellement à mes attentes. – « J'aurais quand même aimé savoir ce que j'aurais compris de la vacuité cosmique s'il n'y avait pas eu la théorie de l'évolution, le carbone quatorze et toutes ces fadaises aussi ennuyeuses que la prière à la boussole sur un tapis tourné vers la Mecque, les popes à barbe grise et les mitres sur la tête des évêques et... » Je parlais seul du constat d'échec de la pensée devant le monde en regardant loin sur l'horizon par-dessus mon assiette et ce con au rez-de-chaussée avait mon passeport.

Je finis de déjeuner. Et c'était encore une énigme que de se faire servir des soles en plein désert et la peine venait qu'avec certitude ces ressources-là, ici même, seraient taries bientôt. Que de manger un poisson sous le ciel du Dieu unique ne sera plus une fable de bon aloi, le tout remis au règne protozoaire demain quand la démesure industrieuse insatiable aura mis fin à cet état de nature auquel les hommes déléguèrent autrefois au pouvoir divin la création arbitraire et rassurante. Et l'autre en bas qui jouait l'état d'urgence à me protéger des fadas en arme en me retenant non moins à sa merci.

Le soleil déclinait à Medinet el Fayoum, il faisait presque nuit quand le bus parut, ses deux gros phares rasants éblouissant la petite troupe de passagers pour Alexandrie.

Deux jours plus tard, devant mon thé au lait au Café Pepsi j'apprenais la mort accidentelle des deux sympathiques ringards, écrasés par un fourgon fou. Le conducteur était soi-disant en fuite. L'accident avait eu lieu peu avant le départ pour Fayoum précisément... Je compris que j'étais attendu au lac Qârûn. Ces deux-là connaissaient-ils aussi Mokhtar Mazhar ?

Je commençais d'être vigilant dans mes déplacements, ne traversant la rue qu'en toute sécurité. La chaleur augmentait de jour en jour, au soleil déclinant je pris de nouveau le tram pour El Max où l'oncle m'attendait. La chatte me connaissait maintenant, plusieurs fois j'avais pris soin d'apporter une boîte de thon que je lui ouvrais en arrivant. L'oncle m'en fit grief.

— *Yanni*, Allah égare qui Il veut, et Il guide qui Il veut. Il est puissant, le Sage. J'ai compris que tu es envoyé pour réaliser ses desseins, alors je dois te répondre oui j'ai entendu parler de Mokhtar Mazhar mais je ne l'ai jamais vu. Il savait tout des affaires de madame Andranopoulos. Mon neveu me l'a dit. Mohammed est fâché contre toi, il dit que tu es celui par qui le scandale arrivera. Yani, Le bien qui t'arrive provient de Dieu, le mal qui t'arrive ne peut venir que de toi-même. Le peintre tenait tout le monde par les photos que la fille avait prises. Je ne sais pas comment elle a fait, cette diablesse ? Un matin la police l'a emmenée et on ne l'a jamais revue. On dit qu'elle est interdite de séjour en Égypte pour atteinte à la sûreté de l'État parce qu'elle photographiait des sites interdits autour du Palais Ras El Tin mais en vérité c'est madame Andranopoulos qui a donné l'ordre au jeune commissaire Farouk El Mussalami, muté récemment à Sidi Gaber, de s'en occuper, elle était derrière cette mutation aussi... Le peintre lui ne peut plus quitter l'Égypte où il est protégé par la police. Ailleurs il tomberait sous le coup d'un mandat d'arrêt international. Celui-là est rusé plus qu'un renard du désert. Il parait qu'il vit à Siwa ?

Le chat qui avait fini la boîte de thon avait regagné sa place sur la couverture râpée auprès du vieux. La mèche charbonnait sous le verre galbé de la lampe-tempête il me demanda de remplir le réservoir et me montra un flacon dans un coin de la cabane pour le faire. Je notai l'ambiance en quelques mots sur mon carnet.

— Tu n'es pas sûr de ta mémoire d'*agnabi* ? Tout est écrit et tu jongles encore avec l'œuf et la pierre.

Il m'agaça, je pris congé dans cette disposition d'esprit.

Je montai dans le dernier tram presque vide qui ne tarda pas à se bonder avant que d'entrer dans les rues populeuses et c'était gai après ce trop d'intimité dans le resserrement du logis de planches et de tôles. J'avais hâte de me remettre au travail fenêtre ouverte sur le désordre urbain infernal à cette heure de liesse.

Rémy promit à Kristina qu'il la rejoindrait dès que ses tourmenteurs l'auraient oublié. Elle était partie au petit matin entre deux officiers de police qui l'engagèrent à monter à l'arrière de la voiture noire du commissariat de Sidi Gaber. Par la vitre, l'immeuble, la rue Abdel Moneim, Rémy sur le trottoir, plus navré que de nature. Elle lui avait confié ses négatifs et les tirages de lecture qui représentaient tout son travail alexandrin, son choix pour l'exposition qu'il devait lui expédier en poste restante à Cologne. Pourquoi Cologne ? Il ne le savait pas, avait-elle là-bas de la famille, un rendez-vous ?

Elle avait bien joué, à l'embarquement elle n'eut droit d'emporter qu'un minimum de bagages à main et rien en soute. Même les boîtiers, les fameux Contax, furent vidés de leur film. Il avait laissé partir l'amour de sa vie sur cette idée d'euphorie amoureuse prochaine.

Un grand chagrin s'installe comme une maladie chronique. Au lendemain les cafés où ils avaient leurs habitudes lui sont tôt devenus insupportables. Le Grand Café du Nil en particulier où le garçon lui a demandé où était son *habibti*[1], à la table même où elle lui avait dit – elle lui avait dit tant de choses que nous ne savons pas… mais nous savons qu'elle lui a dit « Das Grand Café du Nil ». Ces mots qui forment le titre d'un projet mais qui ne sont que des affects il s'y accrochait comme on retient les derniers instants d'une vie qui déjà appartient au néant tutélaire.

Le soir il fouilla parmi les bobines, les tirages de lecture, sélectionna les plus significatifs clichés pour les donner à tirer chez Khatchatourian, le vieux photographe qui avait boutique rue Saad Zaghloul.

---

1. Chérie.

Sans Kristina Alexandrie lui était devenue inatteignable. Là où le charme avait tant opéré la viduité lui était une souffrance, comme dans le deuil à la disparition succédait l'absence qu'il essayait de convertir en nostalgie sans y parvenir. Son tempérament le portait à la rage. Ainsi une nuit de dure insomnie il s'en était pris à ses deux voisines, des Écossaises qui professaient dans une institution privée qui recevaient des congénères. Après trois tentatives de réduire la fête à des proportions acceptables « no problem » lui avait dit la plus rousse des deux l'autre avait pouffé sur son épaule apparue dans l'entrebâillement de la lourde porte d'entrée, ce qui signifiait qu'elle était aussi saoule que sa copine. La quatrième fois il ne prit pas la peine de sonner, il enfonça la porte qui avait cédé trop facilement pour ne pas encourager sa furie. Le désordre de l'appartement nommait quel genre de festivités s'y était tenu. Il prit une bouteille vide de gin qui avait roulé sur le plancher fermement par le goulot, en cassa le fond en la frappant sur un coin de la table et ordonna qu'elles se dévêtissent toutes les deux. Il était quatre heures du matin les fêtards avaient quitté les lieux peu avant, sûrement à la dernière menace dans l'entrebâillement de la porte. Il les fit mettre au lit et il s'émut de la chambrée de jeunes filles sages avec napperons et table de chevet modern style bien cirée – mais il est vrai que le mobilier appartenait à la mère Andranopoulos. Elles étaient en slip leurs gros seins emprisonnés dans de gros bonnets, ces dessous avaient trop tourné dans la machine à laver, avaient déteint pour ne présenter plus qu'une teinte indécise. Il pensa à du pudding. C'était trop tard l'espiègle s'était réveillé en lui, sa nature reprenait son avoir.

D'un geste brutal il ouvrit le premier petit lit.

— Au lit connasse et vite (To bed bitch and quickly), le tesson au poing.

Les rousses Écossaises en larmes de trop d'alcool et de stupéfiants de médiocre chimie se mirent à genoux devant son autorité sexuelle supposée.

— Tout ce que vous voudrez mais ne nous faites pas de mal (Whatever you want, just don't hurt us).

À la sidération insomniaque, tout ceci s'était passé dans un temps très court, succéda l'hilarité d'une situation devenue grotesque. Elles l'avaient pris pour un violeur efficace, alors quand il les fit mettre au lit il fit semblant de déboucler son ceinturon, hésita… et :

— Vous êtes trop moches (You are too ugly), il les borda serrées la couverture au bord des yeux.

Lui-même retourna se coucher pour une grasse matinée jusqu'à l'arrivée de la police. Il nia d'abord. Mais les fermetures de la porte détruites et le chambranle arraché plaidaient contre lui. Il dit ne se souvenir de rien... Que les enseignantes soient d'accord qu'elles n'avaient jamais eu si peur même dans les bas-fonds de Glasgow fâcha l'inspecteur égyptien. C'était devenu on ne peut plus sérieux. Rémy comprit la dérive événementielle d'un seul coup : déjà connu des services de police il était soupçonné de viol dans un pays islamique. Il voulut expliquer l'ébriété confuse des deux locataires qui n'étaient plus en mesure de se souvenir de qui les avait aimées, son insomnie, leur incivisme, le désordre qui régnait et qui était la preuve de leur indélicatesse mais la brève instruction, la reconstitution des faits dans un appartement bien rangé, aéré qui fleure bon la respectabilité n'alla pas non plus dans son sens, il ne fut pas cru... L'affaire alla son train.

Madame Andranopoulos pouvait-elle ? bien sûr qu'elle avait des connaissances au consulat de Grande-Bretagne, mais le doute ne fut pas levé pour autant. Il demeurera aux yeux mêmes de la scélérate un impulsif sexuel – c'est ainsi qu'elle le formula un soir descendue de ses appartements vers le sien où elle voulut subir le même sort que les deux Écossaises, tesson de bouteille au poing et tout et tout… Rémy en sa largesse d'esprit voulut bien comprendre la désespérance érotique d'une femme ressemblant à la Castafiore. Encore fallut-il honorer le contrat. En peintre l'image nue de la mère Andranopoulos était insoutenable, la compassion érigera-t-elle ce que l'érotisme monstrueux ne pouvait anoblir ? Pour la première fois de sa vie il banda de compassion tesson en main mieux que la veille il ne le fit. C'est ainsi qu'il fut abusé en échange de quoi la plainte se perdit dans les lenteurs administratives égyptiennes.

La récidive n'eut pas lieu, quoique la menace de faire ressurgir la plainte d'une pile de dossiers en souffrance fût réelle. Rémy pensait « elle n'osera pas » et ce pensant : ce qui se put ce soir-là, à la faveur d'une désespérance avouée, ne pouvait se reproduire que dans l'infamie. La Castafiore le tenait néanmoins. Cette plainte aboutie en procédure de justice lui vaudrait des années d'incarcération dans les pires geôles au regard de codétenus pour qui ce genre criminel est une abomination. Il fit savoir à madame Andranopoulos, par l'entremise de l'oncle Ramadan, qu'il tenait en éventail une quinte flush royale qu'il s'apprêtait à abattre à n'importe quel moment du jeu. Il fit passer un tirage 13 x 18 peaufiné sous l'agrandisseur du studio de renom Khatchatourian, où l'on pouvait distinctement reconnaître les protagonistes d'un négoce sanctionné de prison à perpétuité en Égypte. L'oncle Ramadan en fut littéralement mortifié. De ce jour c'est lui, Rémy, qui ferait valoir ses caprices et exigences à la redoutable Chypriote.

Elle lui céda un bien dans l'oasis de Siwa non loin du temple d'Amon, d'une belle superficie une partie plantée en dattiers l'autre en oliviers. En échange de quoi il promettait un silence de momie sous ses bandelettes. Madame Andranopoulos savait, en roublarde aguerrie, que d'autres clichés entreposés en lieu sûr attendraient opportunément pour resurgir mais qu'y pouvait-elle ? Attenter à sa personne ? Il ne fallait pas y compter, il l'avait prévenue qu'immédiatement les preuves seraient divulguées à l'UNESCO où elle n'avait pas que des amis… Bluffait-il ? Pour la première fois de sa vie elle cédait devant l'adversité mais en fine mouche qui avait des années d'usage dans la psychologie du négoce difficile fit jouer ses relations : dorénavant Rémy ne pourrait plus quitter l'Égypte sans encourir une arrestation, son signalement prenant effet dès l'enregistrement de son passeport en douane d'aéroport. Elle fit interdire de séjour Kristina par les mêmes services de la Sûreté intérieure complice.

Le passage attendu des trams ponctuait l'effervescence nocturne en un surcroît de raffut jubilatoire où chacun semblait s'enrichir du grand vacarme collectif. L'attribution des bruits allait selon pourtant : « *Soudani* [1] *soudani soud* » pour le marchand de cacahuètes, la trompe du marchand de coton portant haut au-dessus de la foule son aérienne marchandise comme un article de songe. Et tous allaient vers quelque part avec certitude je m'en étonnai les deux pieds sur la balustrade de mon balcon au confort dans mon fauteuil défoncé.

La réalité me contraignait plus que je ne l'avais pensé, ce n'étaient que des notes que j'avais

1. Cacahuètes

rédigées où se perdait prématurément mon histoire. Rémy était donc resté à Siwa. L'oncle disait vrai (ce dont je n'avais jamais douté) à preuve son commerce d'huile d'olive n'était-il pas en lien avec les oliveraies obtenues de main de maître ? De maître-chanteur soit…

L'idée me tarabustait de retourner dans l'oasis, j'en savais assez pour le questionner dès à présent à bon escient. Farouk el Mussalami devait avoir d'autres affaires que la mienne à s'occuper, Daech avait fait des siennes, on renforçait la surveillance des lieux de culte chrétiens. Toutefois je décidai ce soir-là de ne pas prendre un billet de bus pour Siwa à Alexandrie, je partirai depuis Le Caire déjouant de la sorte toute probabilité de surveillance rapprochée.

Je filai à la gare pour obtenir mon billet avec une préférence pour le Class 66, un convoi qui remplace celui que les Alexandrins appelaient « L'Espagnol » un turbotrain rouge aux allures racées de train à grande vitesse qui datait du temps des grandes espérances nationales, un luxe si l'on considérait les convois de troisième classe épiques sur les voies secondaires.

La merveille de pouvoir faire ses courses à des heures tardives de nuit épatera toujours l'Européen. Je pris par la rue Nabi, dans le haut saluai le beau *chaouiche* devant sa guérite bariolée, musardai de par les ruelles traversières que des corps de métier distincts occupent tout au long : des carrossiers ponçaient des voitures sous les halogènes crus et donnaient un spectacle théâtral de labeur heureux dans celle-ci, dans l'autre des ébénistes tournaient des pieds de meubles que des collègues assemblaient sur le trottoir à coups de

maillet pour un collage aux serre-joints. On m'offrit du thé chez les fondeurs devant les creusets de fortune à même le sol noirci des feux intenses. Les petits fondeurs étaient décidément trop beaux dans la lueur rougeoyante leurs yeux écarquillés à verser la fusion qui crépite dangereusement.

La gare n'était qu'un piétinement hâtif en tous sens, je pris la queue au guichet des départs pour la capitale. Ce fut mon tour quand le lieutenant Morsi interrompit le service en pressant sa carte de police péremptoirement contre la vitre de l'hygiaphone. On fit profil bas alentour… et derrière la vitre l'employée ouvrit de grands yeux noirs inquiets.

— Voulez-vous me suivre sans faire de scandale monsieur Assaël ?

Je réussis à donner le change quoique le terme de scandale, dit avec l'élocution officielle d'une arrestation me fit frémir jusqu'à la nausée.

— Quelle coïncidence ?

— Elle n'a rien de fortuite monsieur Assaël. Passez devant jusqu'à la sortie latérale, je vous suis…

La neutralité de sa voix n'avait rien d'apaisant.

Nous avons traversé, en partie, le hall où les annonces couvraient spontanément en écho l'énorme rumeur de la gare, pour nous retrouver dehors.

J'en éprouvai un soulagement de bête libérée d'un piège. Les bruits liquides, les lumières furtives, associés au vent de nuit tiède, si particulier aux grandes villes portuaires méditerranéennes, me furent salutaires.

Je me retournai sans défaillir. Le lieutenant Morsi n'était plus seul, deux flics en civil comme lui lui prêtaient main forte, on me courba l'échine d'autorité pour me faire entrer à l'arrière de la berline noire qui attendait en double file. Morsi est monté à côté du chauffeur, à l'étroit entre les deux flics je n'avais plus que le rythme accéléré de mon sang pour toute intimité tangible.

— Où m'emmenez-vous ?

Ma question demeura sans réponse. Depuis la gare le gyrophare en action sur le toit, que le chauffeur avait placé dès notre départ, évinçait toute concurrence. Quand une voiture tardait à dégager la sirène hurlante signifiait mieux encore l'urgence répressive.

Nous ne mîmes que peu de temps à rejoindre le commissariat de Sidi Gaber. Un mal d'entrailles me dit que j'avais peur et que je devais me ressaisir sous peine d'indignité. Le trajet s'était effectué sans un échange de paroles, Morsi avait seulement baissé sa vitre pour allumer une cigarette dans le plus apparent détachement de service.

Je fus remis à la verticale, les portières claquèrent, Morsi fit un geste de sa main manucurée pour m'encourager à monter vers le bureau du commissaire Farouk El Mussalami.

— Vous connaissez le chemin…

Le lieutenant Morsi qui m'avait laissé le passage frappa à la porte entrouverte du bureau trop éclairé où il me laissa seul un moment au milieu du mobilier fonctionnel.

Le commissaire parut après un bruit de chasse d'eau au fond du couloir, la fonction physiologique qu'il venait d'assouvir me dégoûta.

— Je savais que nous serions de la revoyure !

Le R roulé donnait un surcroît de sens comique à l'expression familière qui ne pouvait m'être décemment adressée. Sans aucun doute la familiarité lexicale de la tournure lui échappait-elle.

— Si vous n'y voyez pas d'inconvénient je voudrais prévenir le consulat de France pour être assisté d'un avocat ?

— Monsieur Assaël vous êtes soupçonné d'atteinte à la sûreté de l'État égyptien, l'état d'urgence, proclamé jusqu'à nouvel ordre, m'autorise à vous retenir le temps qu'il me sied et à moins d'égards que vous ne l'imaginez... Me comprenez-vous ? Asseyez-vous et prenez acte de ma décision. Vous êtes dès à présent mis au secret la police spéciale n'a de compte à rendre qu'à elle-même. À moins que vous ne vous décidiez à me dire où se trouve Mokhtar Mazhar votre détention commence ce soir.

Le commissaire frappa dans ses mains comme on le voit faire un client au café et les deux flics qui m'avaient tenu serré à l'arrière de la voiture se pressèrent dans l'entrée, la porte était restée ouverte.

On me poussa dans l'escalier de service.

Tout depuis le commencement m'apparut selon une logique sordide. J'avais perdu aussi sûrement que l'on constate les dés arrêtés sur les mauvais numéros, leur fixité morbide doit creuser ce vide-là, les joueurs doivent ressentir cela.

Je souffrais de contusions diverses, les côtes me faisaient mal, j'étais tombé dans l'escalier sous les quolibets de mes gardiens qui en avaient profité pour m'assener des coups de pied à la bonne franquette. Décidément les services de police étaient les mêmes partout.

Abandonné au sous-sol sur le carrelage, je tâtai les murs pour trouver un interrupteur. Il devait se trouver à l'extérieur. La porte était bel et bien fermée, je secouai la clenche en vain. À l'odeur de désinfectant sur fond d'odeur d'urines je sus où j'étais. J'essayai de faire le point : je n'étais pas officiellement incarcéré vu qu'il devait y avoir dans ces locaux relativement récents des cellules prévues pour les détentions provisoires. On ne garde pas les suspects dans les toilettes. On allait me torturer et je n'avais rien à avouer ! Je tordais mon imagination, un bobard dans l'urgence m'éviterait de me retrouver la tête dans le trou des chiottes, suffoquant sous un effet de chasse d'eau renouvelé. L'obscurité totale m'angoissait plus que je ne saurais le dire, la perte de repères spatio-temporels me désorganisait.

La porte s'ouvrit enfin et je m'étonnai de la banalité du lieu qui était tenu dans une propreté exemplaire. Le lieutenant Morsi garda sa superbe.

— Avez-vous réfléchi monsieur Assaël ? La nuit porte conseil dites-vous ? C'est ainsi que les Français réfléchissent n'est-ce pas ?

Je demandai à voir le commissaire Mussalami. Celui-ci n'était pas arrivé ou bien voulait-on user mon système nerveux davantage ? On me fit patienter dans le couloir. L'Égypte est décidément le pays des longues attentes, je n'étais même pas sûr que ce fût exprès ?

Le commissaire avait changé de garde et de tactique :

— Soit vous parlez soit je vous fais arrêter pour incitation à la débauche et notamment pour vos mœurs homosexuelles. Le lieutenant Morsi m'a remis ceci qu'il a trouvé sur vous hier soir, cependant qu'un jeune homme aperçu en votre compagnie au salon de thé Délices a déposé plainte.

Entre le pouce et l'index le commissaire suspendait précieusement une photographie pornographique de mauvais goût.

Sous la menace directe mes aveux lui parurent spontanés.

— J'ai manqué Mokhtar Mazhar par deux fois. À Rachid et à Fayoum.

J'inventai un intermédiaire que je rencontrais sur la ligne d'El Max, que Mokhtar Mazhar aurait envoyé à ma rencontre – je jouais ma liberté. Je lui dis que je serais selon toute probabilité contacté, jamais deux sans trois, je la jouai décontracté… entendu que je veuille bien faire la chèvre je lui fis la description du censé contact. Je pris pour modèle un marchand de *foul* de ma connaissance, ce qui donna du corps à mon affabulation, moustaches, turban, un portrait standard. On me laissait libre sous réserve de résultat.

Il me restait à espérer que jamais ils ne mettent la main sur Mokhtar Mazhar, mon sort serait réglé dans le même temps que le sien.

Dorénavant je ne pouvais plus me présenter à nul aéroport sans me faire arrêter, il y aurait toujours une image de malheur dans mes bagages. J'ai jeté au caniveau ce que le commissaire avait glissé dans la poche de ma chemise en me congédiant narquois. Sûrement une photo lamentable à ses usages privés qui une prochaine fois serait composée à ma ressemblance à n'en pas douter.

J'étais fatigué. J'ai marché longtemps au long de La Corniche avant que d'arrêter un taxi. Deux clients étaient déjà en charge à l'arrière, je montai près du chauffeur un bougre excité du klaxon, nous étions pris dans un monstrueux embouteillage. Toute chose me devint lointaine au regard de mes emmerdements. En vue de la bibliothèque je demandai à descendre pour marcher jusqu'au Café Pepsi. Mon cafetier toujours enjoué me fit bon accueil, non je n'étais pas parti. Qu'est-ce que j'avais fait durant tout ce temps, deux jours…

— *Aywa, shay bi laban*[1].

Le petit cireur de L'Impérial vint à poser sa boîte devant une tablée de touristes sur la terrasse. Il se démena comme un beau diable à proposer ses services à des randonneurs chaussés cent pour cent vinyle chinois. Les gogos imitèrent une mine désolée et reprirent leur propos qui était de visiter Qayt Bay. Il m'aperçut à la vitre ouverte. Je n'eus pas la patience de me déchausser cette fois-ci et lui donnai son obole sans peine ni ouvrage. Il en fut déçu. Je lui promis que la prochaine fois il aurait deux fois plus de travail vu que mes souliers seraient deux fois plus sales de poussière et d'usure et je l'ai perdu de vue, enfant chaplinesque insouciant sa boîte à cirage sur la hanche, ses brosses bien rangées sur le côté, la rousse pour le cuir fauve, la noire et la neutre destinée aux cuirs naturels des sandales touristiques de meilleur goût.

1. Oui, un thé au lait.

Rémy était le seul à pouvoir me sortir de là, mais à la poste de la rue Abdel Moneim on m'a signifié qu'aucun abonné n'avait nom Boncourt à Siwa, le téléphone cellulaire ayant remplacé le fixe dans une grande proportion m'a-t-on dit. Il restait à lui écrire en espérant que l'adresse fût suffisamment précisée de la sorte : Zeit zeitoun, Rémy Boncourt Siwa. Je commençais d'écrire : Cher Ami Rémy, Cavafy aura-t-il comblé tes attentes ? J'ai de mon côté remué plus d'indiscrétions que je ne l'aurais souhaité pour ma sérénité, tu dois être au courant à présent… Mokhtar Mazhar est à Siwa bien sûr. Peut-être a-t-il déjà passé la frontière libyenne ? Pour rejoindre qui sait quelle organisation ? On va m'arrêter sous peu, j'ai compris trop tard le jeu de dupes que tu m'as fait jouer, mon sort ne dépend plus que de toi… Je cessai d'écrire. Mon brouillon dans la corbeille souriait à ma naïveté.

J'ai remis le manuscrit de mon scénario achevé, contenu dans une grande enveloppe à soufflet libellée à mon adresse parisienne, et une autre enveloppe plus petite contenant ce qui me restait de liquide au *baouab*, pour la commission.

La fenêtre est ouverte sur la rue depuis mon balcon je les attends : ils stationneront en double file sur la rue Saad Zaghloul. Morsi descendra avec deux flics en costume, comme lui anonymes et précis au milieu de la foule du trottoir. Ils parleront bas au *baouab* qui ne sortira pas de la pénombre du hall où se tient son grabat de veilleur de nuit. L'ascenseur glissera au long de la cage dans l'enroulement silencieux des câbles, à l'ouverture la porte et la grille de sécurité n'auront plus ce doux vacarme domestique hôtelier qui annonce un retour dans la belle humeur. Le double de la clef qu'ils auront pris au *baouab* tournera dans la serrure. De la rue la trompe du marchand de coton dominera la rumeur confuse du soir, un tram jaune comme un insecte borné suivra les rails dans le couchant vers Mancheya. Ils ne trouveront que le fauteuil vide sur le balcon.

Le lieutenant Morsi ni personne n'était venu m'arrêter au cours de la nuit. Je me réveillai aux premiers tremblements des trams quand le soleil monte et couvre d'ombre à l'opposé de la baie la rue Saad Zaghloul. J'eus froid dans le fauteuil que je n'avais pas quitté depuis la veille. À l'unisson l'appel à la prière vibra par-delà les vapeurs urbaines comme une menace tutélaire immémoriale, à cela près que les haut-parleurs défectueux rappelaient à une métaphysique de bazar. Groggy d'inconfort je me dépliai, m'étirai et conçus que je me trouvais démuni pour un petit-déjeuner – un contretemps sans aucun doute me faisait durer encore sous le soleil de Dieu. Je n'avais pas pris un repas sérieux de longtemps et j'avais faim, peu enclin à soutenir des messages cérébraux compliqués des affects me tenaient lieu de raison : quels étaient les visages restés amis dans l'entourage immédiat devenu hostile ? Mohammed me fuyait légitimement et l'affaire étant telle que chacun dût m'éviter pour ne pas être inquiété. Je reconnus ma sottise d'avoir, dans un élan éperdu, transmis au *baouab* les quelques dernières livres qui déjà me faisaient défaut.

Je demeurais dans l'expectative. La rumeur sur laquelle on pouvait distinguer, venue du trottoir d'en face, la plainte du marchand de cacahuètes me rappela au monde sur l'instant : *soudanisoudanisoud, soudanisoudanisoud, soudanisoudanisoud, soudanisoudanisoud.*

Je me penchai sur le garde-fou et l'aperçus tout de blanc vêtu majestueux de simplicité assumée, en sa pauvreté déployant son double ombreux sur l'asphalte comme une signification têtue. Je connaissais ce marchand du quartier pour lui avoir acheté sur La Corniche par un matin radieux comme celui-ci de jubilation solaire, dans un cornet tourné dans une page d'*Al Ahram*, sa marchandise torréfiée. L'homme était originaire de Haute-Égypte, en cela couleur de bronze ancien sous sa vêture de grand éclat. Et je n'avais plus moi-même de quoi m'offrir un breakfast de cacahuètes.

Je pris une douche comme d'accoutumée, y mis un peu plus de soin qu'à l'ordinaire…

Je trouvai le hall silencieux et vide au sortir de l'ascenseur, non plus d'odeurs de café, de chicha, quoique ce fût l'heure de ce plaisir viscéral sans lequel l'Égyptien ne consent pas à fournir l'effort quotidien de quelque devoir que ce fût. Je furetai derrière le guichet en toute indiscrétion encouragé par l'amitié qui me liait à celui qui, effacé le jour durant, passait ses nuits dans une mortification de cénobite. J'en faisais un bien grand mystère inutilement, l'homme se tenait sur le trottoir derrière l'hôtel dans le frais courant d'air bienfaisant d'une brise qui se levait du large. Sa *galabeya* bleu de ciel agitée des premiers souffles d'une journée qui s'annonçait venteuse. Les palmiers bruissaient et la mer déjà se formait. Un verre de thé réchauffait ses deux mains, dehors il avait un air que je ne lui connaissais pas. Je le saluai d'autant :

— *Sabah el kheir*[1] !

— *Sabah el nour*[2] !

Il m'offrit une Cleopatra de son paquet au logo pharaonique, geste familier que jamais il n'avait eu. J'acceptai de fumer bien que je fusse depuis longtemps hors de rechute tabagique. Cigarette aux lèvres il me tendait son briquet fluo made in China, j'allumai la mienne le dos au vent, les gestes de fumeur ne se perdant pas, j'en fis le constat amusé. Quand je me retournai je vis entre ses mains l'enveloppe contenant les trente livres, mon écriture m'indisposa comme un trop d'intimité en plein jour.

— *La, la, la anta magnoun*[1] !

Il ne voulait pas accepter, la somme étant disproportionnée pour la course, il était catégorique et moi je ne pouvais plus lui refuser ce retour de générosité post mortem, pour ainsi dire... hébété comme un ressuscité j'empochai l'enveloppe sans contredire, pas même pour la forme. Maintenant allait-on m'exécuter dans un coin d'ombre ou

1. Bonjour : matin du bien.
2. Bonjour : matin de lumière.
3. Non, non, non tu es fou.

بفم فلتر
كليوباترا
كينج سايز
التدخين ضار جدا بالصحة
FILTER TIPPED
CLEOPATRA
KING SIZE

en plein jour un camion fou m'attendrait-il à un carrefour ? Je réglais ma chambre à la semaine, il me restait trois jours avant l'échéance.

Au Café Pepsi le serveur avait fait les frais d'une paire de tongs, la mâchoire du crocodile faisant place à la corne de rhinocéros, je n'en fis pas état. Ces pieds-là appartenaient à un homme heureux aux ongles jaunis, brisés, bien à plat sur la terre dans un monde défectueux à jamais. Je me vivais occidental indécrottable philosophant sur les pieds d'autrui dans mes chaussettes changées chaque matin et mes souliers reluis de frais par les anges des rues.

« Alexandrie la bienheureuse ! » dis-je entre mes lèvres… et lui comprit que je balbutiais une prière à ma façon quand il déposa mon thé au lait sur le bord du guéridon devant la fenêtre ouverte où j'avais encore ma place, il me gratifia d'un « *hamdulillah* ! » de connivence.

C'était l'heure où les bateaux rentrent du large pour débarquer leur pêche. J'ai vu un matin sur le quai des tortues qu'on avait retournées sur le dos, battant des nageoires, leurs yeux implorants remplis de larmes. J'aurais voulu les acheter toutes pour les remettre au flot. Cela se peut-il de remettre à la vaste mer ce que les hommes ont poursuivi de tant d'assiduité méchante ? Non bien sûr. L'offense serait trop vraie.

J'avais faim. Je demandai à l'homme qui entretenait la braise des chichas, qui déjeunait de *ta'ameya,* si le marchand était loin d'ici ? Sur un papier huileux une douzaine de boulettes végétales refroidissaient qu'accompagnaient des pickles variés.

— *Aywa...*

Je ne compris pas où. De bon cœur il déchira, sans tenir compte aucunement de mon refus, le papier gras pour me céder la moitié de son repas qui me faisait envie.

– Les navets pickles sont remarquables en accompagnement de cette forte friture...

Il me restait de me mettre en recherche d'une banque internationale pour connaître les modalités de transfert de banque à banque depuis la France.

La Banque Nationale d'Égypte à Sidi Gaber fit la transaction sans délai, la guichetière, visage lunaire sous le voile blanc, très docilement compétente. « Ya madame ». Et j'attrapai un taxi pour El Max.

Des pêcheurs en chapeau blanc de toile frangé surveillaient l'arcure de leur canne à pêche sur le brise-lames. Un chien jappait que des enfants excitaient en lançant loin un morceau de bois flotté. Des fumées horizontales emportées par la brise couraient entre les cabanes. On s'affairait là autour d'un grill où carbonisaient des poissons semblables à des sardines. Les hommes le dos rond au vent m'invitèrent à partager leur pêche du matin. Je déclinai l'invitation mais restai les mains tendues au-dessus des braises. La discussion portait sur un attentat du côté de Maamoura dans un quartier résidentiel. Celui qui prenait le plus d'importance était écouté, les deux autres acquiesçaient à son dire que deux personnes avaient péri. Je restai accroupi, gourd sur mes talons comme de coutume autour des feux. L'Égyptien aime le feu, la fumée, hommes ou femmes d'ailleurs sans distinction. J'ai vu de très vieilles femmes gardant des chèvres allumer pour elles seules un feu désertique de brindilles et de palmes séchées ramassées en chemin. Les feux solaires sont sans lueur, ce sont des feux de fumée pour l'esprit. Ou bien interprétais-je mon propre songe ? Quand l'un qui sortait des fumées un poisson brûlant dit aux autres que les deux victimes étaient de hauts fonctionnaires de police, je les quittai puisqu'ils s'étaient mis à manger.

Contournant les cabanes je trouvai l'oncle abrité du vent qui maintenant levait du sable, des pages de journaux prises en spirales montaient comme de grandes choses mortes et molles qui planaient puis retombaient très loin dans les terres pour s'accrocher aux palissades. Je demandai à l'oncle en matière d'introduction à ma visite si c'était le khamsin qui se préparait. Il me dit que non, que la saison en était passée et me fit asseoir à son côté sur le banc lustré de tant d'attentes au fil des jours. J'appris de sa bouche que le commissaire Mussalami et le lieutenant Morsi étaient morts.

— Incha'allah tu as toutes les grâces du prophète, qui sait d'où tu viens, sais-tu qui tu es ? En vérité, c'est Allah qui fend le fruit et le noyau de la datte. Il fait sortir ce qui est vivant de ce qui est mort ; et Il fait sortir ce qui est mort de ce qui est vivant. Tel est Allah !

J'éclatai de rire, à mon corps défendant. Non que je me misse à croire aux fariboles sentencieuses de l'oncle, mais quelque chose dans son propos superstitieux corroborait la jubilation venteuse. Les rayons solaires caressaient toutes choses à ma vue. Le sel des embruns sur mes lèvres avait le goût de vivre. Je pris fébrilement les mains froides du vieillard exsangue qui me demanda si j'étais à ce point impie pour rire comme un mécréant ?

— Les roumis n'ont donc pas de foi, sais-tu au moins une prière ?

Je pensai que Mokhtar Mazhar était plus sûrement la main de Dieu en l'occurrence…

— Comment sont-ils morts ?

— Qui sait si la vengeance n'a pas dépassé l'offense ?

Mon euphorie ne tarissait pas, l'image mentale était un gros Mussalami éparpillé sous l'effet d'une charge explosive ou criblé sous un tir nourri d'armes automatiques. J'eus l'idée de murmurer une strophe de Cavafy que j'avais en tête depuis la descente du taxi face à la mer à la vue des vagues qui moutonnaient. L'oncle crut à une prière assurément, et nous fûmes quittes pieusement. Une prière au Dieu de la présence éternelle ? Le chat qui frôlait mes jambes émit un miaulement enroué, sa queue maigre dressée comme une antenne. Il réclamait à coup sûr sa boîte de thon que j'avais oubliée.

— L'habitude est une seconde nature, dis-je sentencieusement imitant mon érudit coranique qui crut que la stance roumie était de religion.

Je pris congé des deux : une poignée de main pour l'homme, une caresse sur le dos de la bête dans l'apothéose venteuse. Il me fallait lire *Al Ahram* de toute urgence. Le vent qui ne portait aucun nuage faisait briller le bleu abstrait du ciel comme une fresque de Giotto ; je marchai jusqu'à la rotonde du terminus sans me retourner. Un tram attendait son comptant de voyageurs les portières béantes à tous les souffles. Seul un homme enroulé dans ses hardes attendait déjà, je mis le plus de distance possible entre nous sans savoir pourquoi, en m'asseyant contre la cloison des machines. Je savourais ma solitude comme une levée d'écrou.

Rue Saad Zaghloul j'entrai au Brasilian Coffee pour consulter la presse au bar. La piste de l'attentat politique était retenue. L'article du *Progrès Égyptien* aussi bien que celui d'*Al Ahram* canonisaient les deux fonctionnaires de police martyrs d'une action concertée des groupes dissidents, l'enquête visait les extrémistes du MSL proche de la mouvance Black block altermondialiste. Les autorités par voie de presse couvraient un scandale institutionnel et au passage dénonçaient à l'opinion publique des opposants gênants, voire imaginaires… Le pouvoir sans l'abus perd le charme, dit-on ! L'assassinat perpétré dans la nuit ne pouvait donner lieu qu'à de vagues et succinctes interprétations, ultérieurement la presse développerait l'information. À priori les deux balles dans le dos tirées à bout portant au domicile du commissaire, dans sa villa résidentielle, signaient un règlement de compte classique, c'eût pu être une affaire marseillaise ou napolitaine. Saurais-je assez tôt si quelque dossier me concernant ne traînait pas dans un tiroir du commissariat de police de Sidi Gaber ?

Je déjeunai chez Ahmed Ahmed dans la cohue bruyante, j'en avais envie ; envie de reprendre langue avec la vie, les autres. Je me fis servir des macaronis en gratin, un Seven Up en guise de Bordeaux, hélas, et rentrai pour la sieste. Dans l'ascenseur je me laissai aller à bavarder avec un couple de touristes autrichiens qui voulaient visiter Alexandrie en deux jours. Que pouvais-je pour eux ? Les envoyer à El Max contempler le terminus du tram ?

Je dormis jusque tard dans l'après-midi, je me réveillai sur un air d'Allah Akbar d'*Isha*.

La mer depuis La Corniche était un trou noir mugissant que seule dominait, jaillissante sous l'éclairage d'un réverbère, une vague plus haute reformée par le ressac. Je courus chez Délices m'envoyer un extra de petits fours. La nuit m'était conseillère et le vent un absolu.

Les plafonniers du salon de thé donnaient une lumière blanche de hall marchand, j'en fus déçu. Le charme rompu des premières heures de nuit, de plus on me céda une table derrière un pilier, la seule disponible. Je ris de ma déconvenue comme le font les solitaires à se prendre à témoin. Mon thé bu je demandai qu'on emballa l'assortiment vert et rose paillard. Je payai sans attendre avec l'idée de partager mon extra avec l'homme des chichas. Au Café Pepsi ma place sous la fenêtre était prise, évidemment, des joueurs de *tawla* y faisaient grand boucan à coups de dés vigoureux. Les charbons de bois rougeoyaient sous son souffle à roussir ses moustaches, dans son coin d'ombre l'homme s'activait, c'était l'heure d'affluence. Il n'avait pas assez de ses deux bras et la sueur perlait sous son turban. Je déposai sur son fragment de comptoir l'emballage mirobolant que la vendeuse avait si bien confectionné.

Et désœuvré m'en fus dans la nuit. Le flot brisait sur les enrochements de Qayt Bay. De lourds paquets de mer, prévisibles à chaque mouvement de houle qui s'abattait dans une rage tempétueuse à présent, égayaient une foule qui reculait et passait au sec évitant une douche de justesse. Et c'était des rires de filles et de femmes qui retenaient leur voile coquettement, ce prude artifice qui augmente le charme de l'Alexandrine, et qui le sait.

Je m'avisai des départs vers Marsah Matrouh et Siwa pour le lendemain dans la matinée. Plusieurs départs s'offraient par les bus *baladi* déglingués. J'évitai les pullmans climatisés onéreux et de mauvaise compagnie.

Insomnieux je vis se lever le jour, et ce n'était que mieux. Quand je voulus régler ma chambre pour une semaine supplémentaire le *baouab* ne fut pas chaud pour recevoir tant d'argent sous sa responsabilité.

— *Flous ketir.*

Je remontai déposer la somme sous un presse-papier. Le garçon d'étage verrait ce détail avec le gérant…

Au long de La Corniche jusqu'à Anfouchi. Les chiens jaunes à l'ADN indestructible peuplaient encore le rivage. Le bus est arrivé dans un fracas de suspensions HS pour stopper dans un soupir de freins asthmatiques. J'aidai une vieille femme à gravir les marches à l'ouverture des portières, nous nous sommes acheminés vers le fond pour occuper la banquette surplombante qui donne accès à une vue générale des sièges. Ma voisine souffla d'aise, son bagage sur les genoux. Le bus à demi plein nous ferions l'appoint de passagers en chemin : El Max, Agami, Borg el Arab, ainsi tout au long de la route

maritime et désertique jusqu'à Marsa Matrouh où la mer turquoise laisse pensif. De Matrouh nous quitterons le rivage pour la traversée du désert libyen. Siwa sera tapie quelque part dans la dépression de Qattara. C'est seulement en passant le contrôle militaire que de l'oasis nous apercevrons la nappe sombre des dattiers.

Je descendis au Palm Trees. Sa terrasse se rappelait à mon souvenir et sa palmeraie authentique. On m'accueillit dans l'indifférence et je ne souhaitais pas autre chose, sinon de confier mon sac à l'accueil et de filer à la rencontre de Rémy Boncourt.

Je ne trouvai qu'Ali poussant la meule sur quelques poignées d'olives desséchées. Un filet avaricieux d'huile ambrée suintait goutte à goutte. La meule crissait sur les noyaux oblongs, l'éphèbe d'un léger coup de rein débloquait la mécanique qui poursuivait son office de haute patience. Encore une fois le soleil irradiait l'enclos de pisé où l'on entrait par une porte basse. Des bédouins accroupis se tenaient dans le peu d'ombre que l'ascension zénithale du soleil chasserait comme chaque matin, sans doute…

— *El chams* ! me dit le plus vieux en levant l'index verticalement.

Pour faire plaisir à l'autochtone j'obtempérai et vins me placer à leur suite le dos au mur.

Ali sur son aire acheva sa giration et m'aperçut, lâcha la lourde traverse perpendiculaire à la pierre de meule qui projeta son ombre comme un cadran solaire hyperbolique. Et lui, mignon forçat, galérien du désert, angélique à mes désirs et démon de ma sérénité s'avança tout sourire.

— Thoumass ! *Ya salam* [1] my friend !

J'observai un certain dilettantisme à l'ouvrage. Ali qui me suivit au Palm Trees m'expliqua que Rémy Boncourt avait à présent passé la frontière libyenne, il y avait de ça huit jours. Je commandai foul et taameya au garçon d'étage qui alla chercher notre repas sur la place dans une échoppe de plein air. Pour mon invité rien n'avait d'importance et je m'en irritai légèrement. Sous la palmeraie, devant un Coca, comblé de cette vacuité qui me désolait il me dit qu'une femme allemande était venue chercher Rémy, qu'elle était belle quand bien même elle ne fût plus jeune. Qu'elle

1. Interjection, expression d'étonnement.

photographiait tout le temps. Qu'elle avait fait beaucoup de portraits de lui et qu'elle lui enverrait une photo par la poste quand elle serait rentrée à Berlin. Rémy s'était soûlé, avait battu la femme sur la terrasse, et puis ils étaient partis au matin dans un 4 x 4 militaire en direction de la frontière. Un Égyptien chauve, petit, qui parlait le *fransaoui* les accompagnait. Je le questionnai encore, il ne se faisait pas prier pour répondre à mes instances et je nous fis conduire ensuite dans une carriole à âne, au désespoir d'Ali qui eût préféré en 4 x 4 Nissan, jusqu'au lac salé que je feignais de ne pas connaître pour qu'il fasse l'important à s'improviser guide touristique et le rémunérer grandement pour cet office fallacieux.

Les hommes depuis longtemps ont convolé en justes noces à Siwa, seul territoire connu au monde pour ces mœurs répréhensibles institutionnalisées. De sorte qu'autour des bassins, le soir, Cleopatra ne fut pas seule désirée depuis l'Antiquité. Ces piscines d'où remonte une eau tiède des entrailles de la terre n'accueillent que les hommes aujourd'hui. Les gestes y sont lourds de désir, les regards aussi… Ali me devinait mais n'encourageait rien où Eros eût sa part.

Deux jours passèrent à de douces félicités anodines durant lesquelles Ali demeura désœuvré en ma compagnie. Je rentrais seul au Palm Trees et lui retournait chez ses parents pour dormir.

Le troisième soir, sur le chemin de l'hôtel, je trouvai Hossem qui descendait d'un triporteur Piaggio, ce véhicule incongru made in India qui envahissait l'oasis. Je le plaisantai sur l'indignité de l'engin si peu conforme à l'esthétique de rêve. Mais l'Égyptien ne possède pas le sens critique aigu et ne sait ce qu'il perd… Il portait un bagage peu encombrant, un sac de sport. Difficile de croire à une coïncidence, aussi je fus direct.

— Vous n'êtes pas là par hasard ?

— Non.

Sa timidité m'encouragea.

— Alors vous me direz tout ?

Ses cheveux coupés courts frangés haut sur le front, son sourire éclatant que soulignait une ombre naissante et le grain fin d'une peau dévoilée à l'échancrure de sa chemise déboutonnée me rendirent susceptible de basses compromissions.

— Puisque vous êtes venu pour m'entretenir laissez-moi vous inviter amicalement. Autour de Shali, sur la place, nous trouverons bien une cantine à touristes ouverte. Allons déposer votre sac à l'accueil du Palm Trees le voulez-vous ?

La lune n'apparaissait pas encore sur les ruines de pisé de l'ancien village. Citadelle termitière fantomatique, quasi kitch, digne d'un Murnau oriental, à force d'éclairage halogène sur ses vestiges trop renommés. Mais qu'importait, nous marchions sur un sentier de palmes légendaire, la déconvenue n'était pas de mise.

Les premières heures de nuit sont d'encre avant que la lune n'irréalise toutes choses verticales et que la chute des corps célestes n'atteste une défaillance de la mécanique astrale. Il marchait à mes côtés dans le silence minéral quand je lui saisis les poignets brutalement... Il m'offrit ses lèvres.

Sur la paille d'une bergerie dans le village abandonné…

Nous oubliâmes de dîner…

Toutes les chambres du Palm Trees possèdent plusieurs lits, de deux à quatre, selon, et la terrasse où sèche le linge qui est équipée de nattes où les touristes spartiates s'initient à la belle étoile et au narguilé. J'invitai Hossem à occuper le second lit de ma chambre moyennant un supplément que je

réglai à l'accueil. Le garçon de service lui fit passer son sac de voyage, et railleur – le ton « copain » est de mise dans ces hôtels cheap où séjourne une jeunesse heureuse, et la jeunesse d'Hossem l'encourageait…

— Tu as voyagé avec les moutons ?

Sous l'éclairage je vis aussi que la laine bise se mêlait à ses cheveux et sa veste tout autant se piquait de fétus de paille. Il rougit jusqu'aux oreilles, qu'il avait bellement ourlées, je sus dès lors que j'aurais à souffrir de tant d'amour, et sans regret le fis passer devant moi dans l'escalier.

Le verrou tiré, devant le miroir d'armoire il sourit à sa belle image quand je l'épouillai de ses fétus délateurs.

— Qu'es-tu venu me dire si l'amour n'a pas tout dit ?

— J'ai détruit le dossier compromettant, tu n'iras pas en prison.

Quand le lieutenant Morsi tourna la clé de contact au tableau de bord de la 407 Peugeot de police le stagiaire Hossem se tenait à l'arrière, juste derrière le lieutenant qui avait laissé son arme de service dans son holster sur la banquette. À deux reprises il avait tiré par deux fois au travers des sièges avant. Le commissaire après un bref spasme s'était recroquevillé la tête dans les genoux pour mourir. Le lieutenant s'était détendu d'un bond pour s'affaler sur le volant. En bon stagiaire Hossem Aroussi effaça toute trace, s'enfuit par la plage de Maamoura déserte à cette heure d'*Iftar*. Il ne prit pas un taxi mais le bus anonymement vers Alexandrie.

Au matin je retournai seul au café berbère où les vaches broutent l'alpage, d'autres bédouins ont tenté de me vendre un couteau suisse multilames, je restai borné sur mon refus. Le patron m'attendait… il me remit la missive que le *fransaoui* lui avait confié pour moi.

Il n'y aura pas d'autres pays,
tu chercheras en vain d'autres rivages,
la ville te poursuivra. Dans ces mêmes
rues tu iras roder. Et tu vieilliras
dans ces mêmes quartiers; les cheveux
blanchiront dans ces mêmes maisons.
Toutes les routes te ramèneront ici,
dans cette même ville.
Pour ce qui est d'ailleurs – n'espère pas –
pour toi point de navire, point de chemin.
De la façon dont ici,
dans ce petit coin tu as raté ta vie,
tu l'as ruinée partout, sur toute la terre.

Cet ouvrage a été achevé d'imprimer par Pulsio en Août 2021
Imprimé en Communauté Européenne
Dépôt légal en Septembre 2021

ISBN : 979-10-933-152-63
www.orientseditions.fr

ORIENTS EDITIONS

Mise en page PAO Katia Boyadjian - www.katia-boyadjian.com